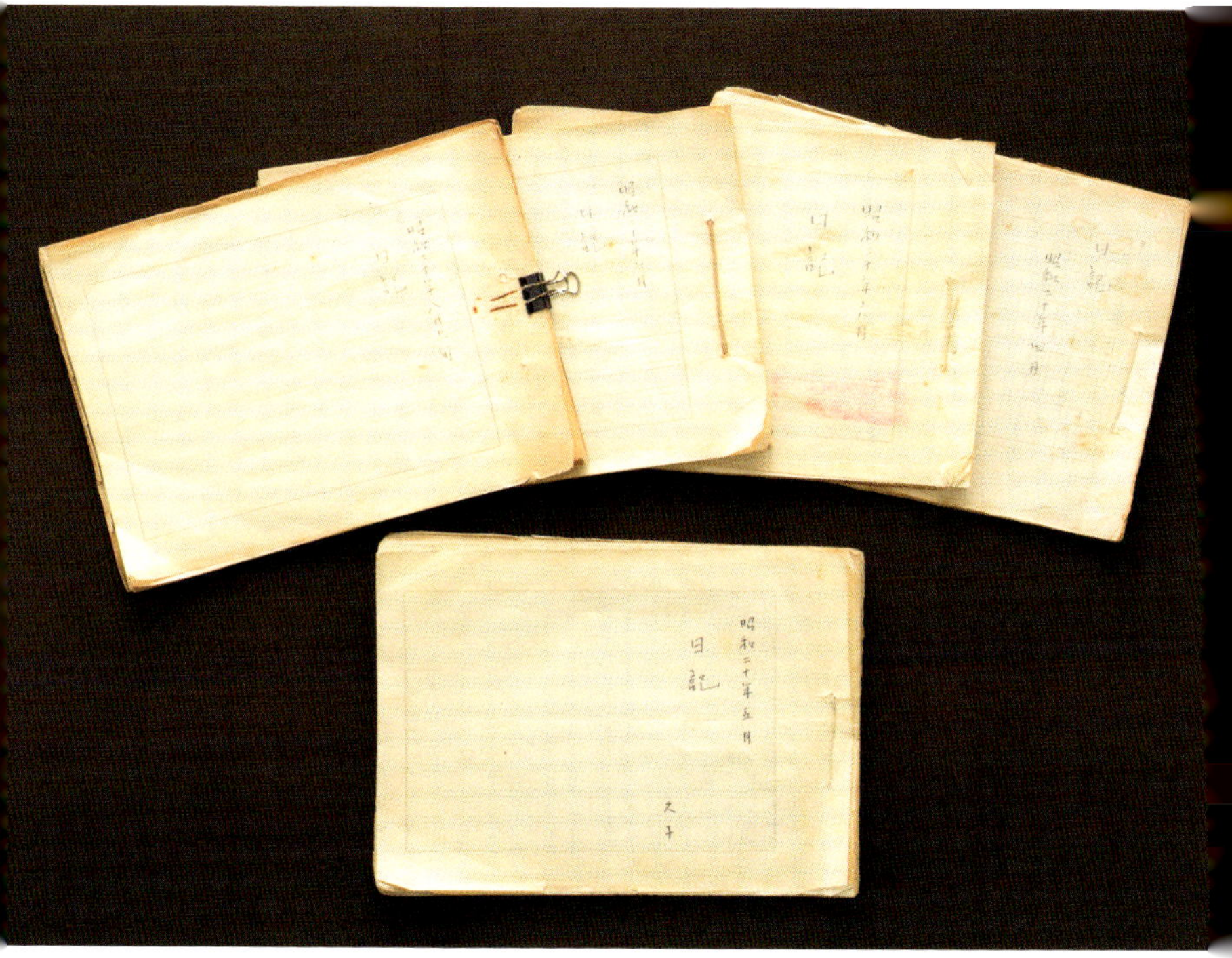

昭和19年秋から昭和20年夏まで、戦時下の東京の暮らしをつづった吉沢さんの日記。当時、吉沢さんが秘書を務めていた文芸評論家・古谷綱武氏（のちに吉沢さんの夫となる）の東京の留守宅を預かった日々の記録

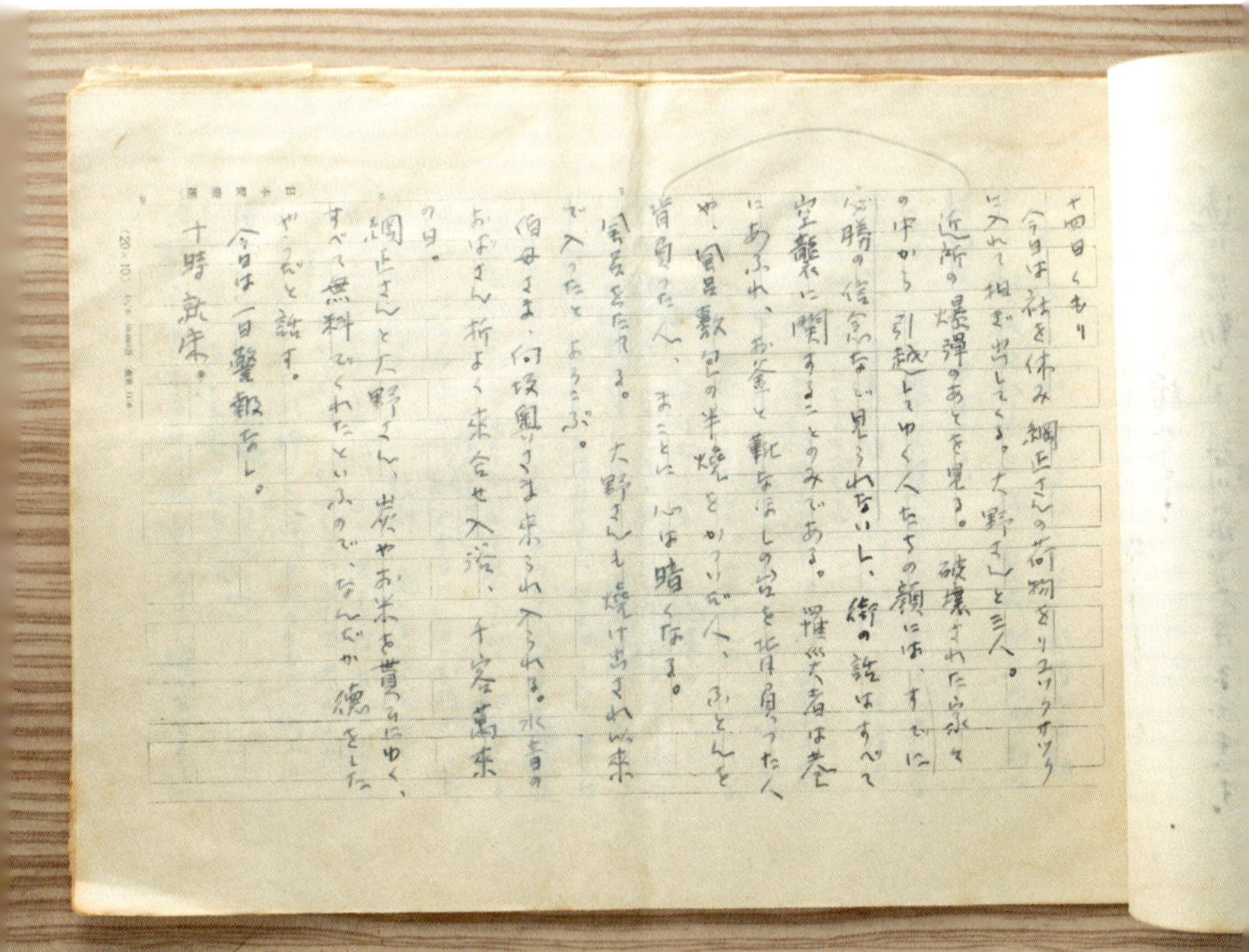
十四日くもり
今日は社を休み綱正さんの荷物をリユツクサツクに入れて担ぎ出してくる。大野さんと三人。

近所の爆弾のあとを見る。破壊された家々の中から引越してゆく人たちの顔には、すでに必勝の信念など見られないし、街の話はすべて空襲に関することのみである。罹災者は巷にあふれ、お釜と靴なほしの台を背負つた人や、風呂敷包の半焼をかついだ人、ふとんを背負つた人、まことに心は暗くなる。

風呂をたてる。大野さんも焼け出され以来で入つたとよろこぶ。

伯母さま、向坂奥さま来られ入られる。水害のおばさん折よく来合せ入浴、千客萬来の日。

綱正さんと大野さん、炭やお米を貰ひにゆく、すべて無料でくれたといふので、なんだか徳をしたやうだと話す。

今日は一日警報なし。

十時就寝。


原稿用紙にていねいな字でつづられている日記

日記に目を通す、現在94歳の吉沢さん

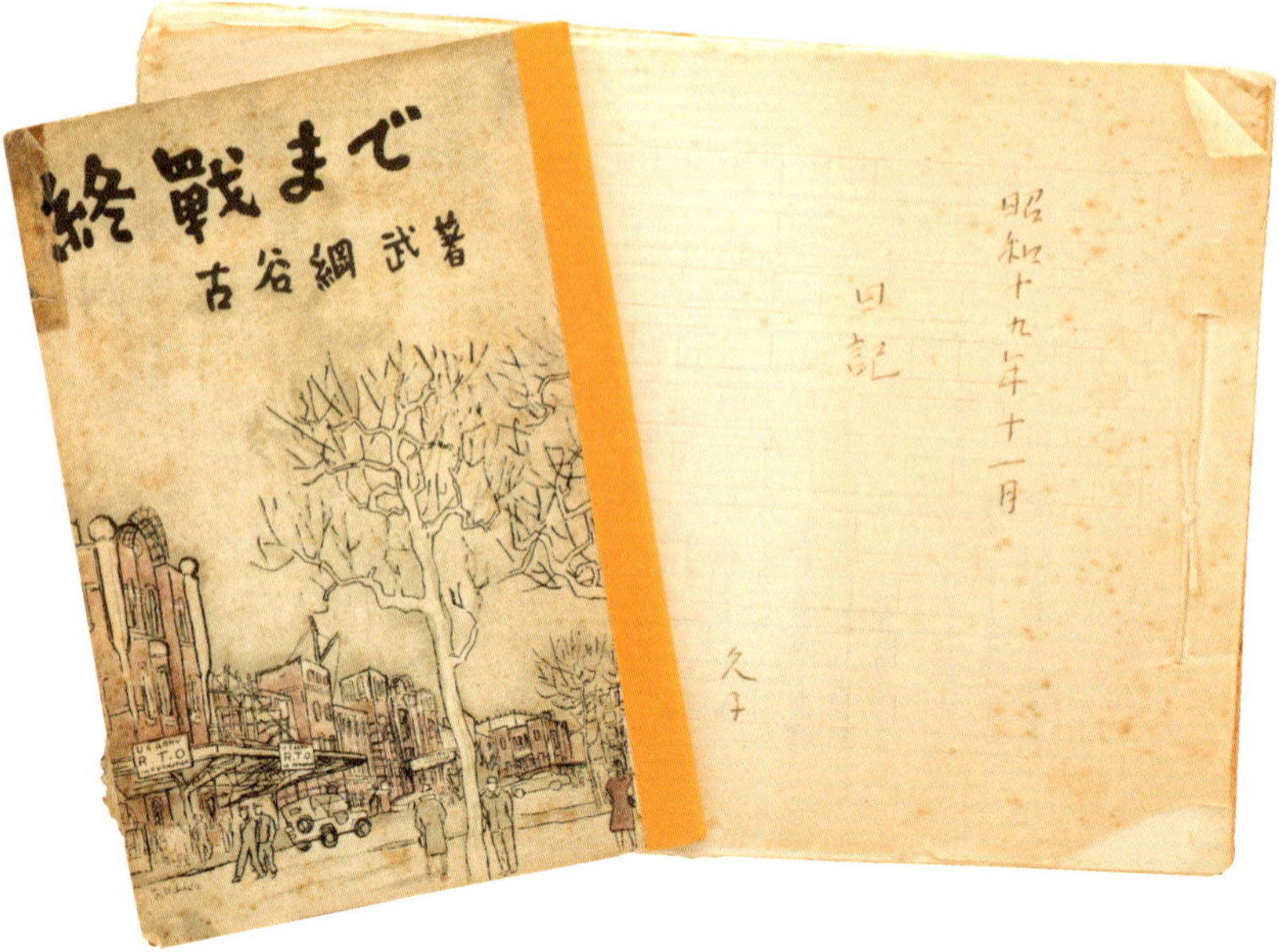

▲吉沢さんの日記は、昭和21年に発行された『終戰まで』という古谷綱武氏の著書に「空襲下の東京に生きた或る娘の日記」として一部収録されている。その冊子は吉沢さんが今も大切に保管している

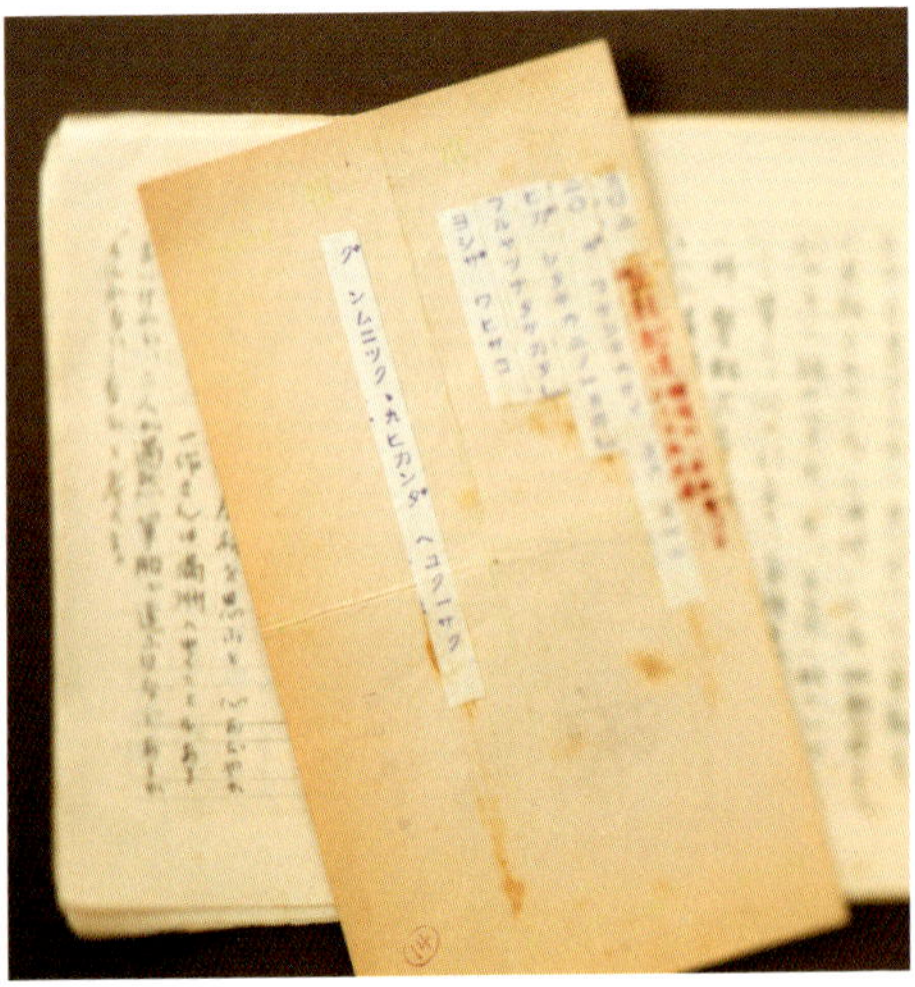

▶昭和20年2月の日記には、古谷綱武氏の親友・一作さんから届いた電報がはさんであった。「グンムニツク　九ヒニカンダヘユク　一サク」

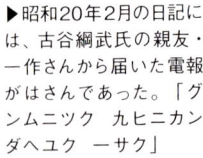

あの頃のこと

吉沢久子、27歳。戦時下の日記

吉沢久子

清流出版

はじめに

私がこの日記を六十年以上をすぎた今、あらためて発表する気になったのは、今ではもう戦争を知らない人が多くなり、政治家もそのほとんどが、戦争のためにきびしい生活を強《し》いられた市民生活の実態を、全く知らない人たちである昨今を思うにつけ、かつての日本にはこんなことがあったのだということを、書き残しておきたいという思いをもったからである。

私もすでに九十歳を超えている。限られた持ち時間を考えると、早くそれに手をつけなければと思った。きっかけは、月刊『清流』編集部のAさんから、私の若い頃の生活を書いてみないかというおすすめを受けたことだった。

しばらく考えさせてもらったが、なかなかその気持ちになれず、迷惑をかけてしまった。別の用件で、度々お会いする機会ができて、その折に、ふっと思いついて、あの戦争の最後の一年を、勤めながら東京に住んでのちに夫となった古谷綱武《ふるやつなたけ》の留守宅ですごした日々の記録があることを話した。

それを発表するという形なら、ひとつの意味があるかもしれないといったところ、Aさんもそれをすすめてくれた。

この日記の抜粋は、昭和二十一（一九四六）年に『終戰まで』の題で、「空襲下の東京に生きた或る娘の日記」として、古谷綱武の名でパンフレットのような小さな本になった。紙も当時の粗末なもので、今は崩れかけている。その内容は、戦争中の生活記録として出版された何冊かの本の中にも、市民生活の、それも若い女性の書いたものとして取り上げられた。

さまざまな立場の立派な先生が解説をつけられているが、私自身が書いたものは、まだ出ていない。きわめて個人的なことも書いてあるのが日記である。まとめるにあたり、そういう個人的なこともある程度はそのままに、それに私なりの説明を入れることにした。

まずは、この日記を書いた理由を、『終戰まで』の古谷の「はしがき」を読んでいただくことにする。

私が應召《おうしょう》して東京を去ったのは、昭和十九年十月の末であった。

遂に帝都を灰燼《かいじん》に帰《き》してしまった空襲が始まったのは、それから数日ののち、十一月のはじめである。

私は遂にそれを体験しなかったのである。終戦になり、私が再び東京に帰ってきたときには、すでに焦土と化したなかにも、いのちのいとなみが見られ、廃墟《はいきょ》に雑草の芽ぐむのが荒涼たる風景と対蹠《たいしょ》して私の眼にしみた。

私が應召したときには、家族はすでに郷里に疎開《そかい》しており、東京の留守宅は、仕事の助手をしてくれていた娘に預けた。そして、（＊娘に）自分の應召中の仕事としたのは、あくまで東京に踏みとどまって、外部のさまざまな変化から心持ちの変化にいたるまで、できるだけくわしい記録を残してくれることであった。

その娘は、私の依頼を忠実に果たしてくれ、すでに昔日《せきじつ》のおもかげを失った東京に再び帰ってきた私は、まずその千枚に近い記録をむさぼり読んだ。

この、二度と繰り返してはならない一年間の異常な体験の記録を読み、そこを生き抜いてゆこうとするひとりの娘の「気持ちの切りひらき方」には、いじらしいほどの心がけがあり、私は一市民としての真摯《しんし》な生活の尊さに頭をさげないではいられなかった。

昭和二十一年に出ているこの小さな本のはしがきを、そのまま写したが、古谷の書いている「仕事の助手をしてくれていた娘」は私で、今読み返すと面映《おもは》ゆいのだが、もの書きでもなかった私は、ただ、見たこと、思ったことをそのままに書いていたので、なつかしさもあり、これも原文のまま写した。日記は十一月一日からはじまっているので、それを追って昭和十九年十一月一日からはじめる。

（文中の＊は筆者・編集部註。日記部分の旧かなづかいは固有名詞を除き新かなに改めた）

あの頃のこと◉目次

昭和二十年二月

昭和二十年三月

昭和二十年四月

昭和二十年五月

昭和二十年八月

装丁＝三村　淳
編集協力＝笹川智恵子
カバー・口絵写真撮影＝田邊美樹

昭和十九年十一月

吉沢さんがくらしていた阿佐谷の当時の街並み。
昭和19年の阿佐ヶ谷駅北口（写真／杉並区立郷土博物館蔵）

◉あの頃の日本　昭和19年11月◉

太平洋上の日本軍基地は次々と陥落。米軍による本土空襲が懸念されて８月には主要都市の約40万の学童の強制集団疎開が始まっており、10月には体当たり作戦の神風特攻隊が初出撃しました。生活物資は日々欠乏し、11月１日、たばこの隣組配給制が実施され、成人男子への割り当ては一日６本に。３日、軍は千葉・茨城・福島にある12か所の海岸で、紙で作った気球に小型爆弾や焼夷弾をつるして米本土へ飛ばすという風船爆弾攻撃を開始しました（翌年１月１日、米誌『タイム』はモンタナ州にこの風船爆弾が落下したと報道しています）。

戦力増強と関係のない娯楽は休止せよという軍国主義の風潮が深まり、野球は「敵性競技」とされ、13日に日本野球報国会はプロ野球の休止を決定、庶民の娯楽のひとつが奪われました。マリアナ基地を飛び立った約80機のB29が東京上空を襲ったのもこの月で、このときは武蔵野にある中島飛行機工場が標的とされました。

戦時下のくらし

【昭和十九年十一月一日　水曜日】

応召の先生を送って高松までいっていたので、会社をしばらく休んでしまった。すぐ出勤しなければと思い、片づけものはあとまわしにして社に出る。社長や上司に休みをもらったお礼のあいさつをして、すぐ仕事にかかろうとしていると空襲警報のいやな音。六階の事務所から地下二階に待避。訓練をしたことはあるが、実際にははじめての体験。高射砲（＊発射速度が速く、広い範囲を攻撃する砲）の音しきり。大森上空を鶴見に向かって行進中と鉄道電話で情報入る。偵察らしいとのこと。一機はB29だという。三時には事務所も閉めてみんな帰宅ということになった。結局、何も仕事できずに終わる。警報のため省線《しょうせん》（＊今のＪＲ）が止まっていて、やっと動き出した大混雑の電車に乗り込み六時近くにようやく帰宅。警報解除されたものの、夜に入って十時再び警戒警報。寝ることもできず、留守中の手紙の整理とか、あわてて旅行に出たので家の中も片づけなければと、動いているうちに夜明け近くなった。

眠くもないのは緊張しているせいだろうか。自分のアパートの整理も早くしなければ。

当時私は鉄道教科書会社に勤めていた。勤め先のないものは軍需工場にいって働けということになるという風評もあり、どこかに勤めなければと思っていた。私は速記者として働いていたので、鉄道教習所というところで、定期的に所長や教官の話を速記していた関係で、現場で働く人たちの技術書や規則などの教科書を作る会社ができたとき、その会社に入ることができた。社長に就任されたのが、以前から仕事でおめにかかっていた、お役人にも珍しい文学関係の人々ともつきあいのある方であった。

その方が私に入社をさそって下さったので、大変しあわせな職を得た。事務所は神田《かんだ》須田《すだ》町交叉点のビルの六階であった。私は電車で阿佐谷から通勤していた。

【十一月四日　土曜日】

少しでもたべるものを自分で作らなければと思い、庭に大根としゃくし菜の種をまいておいたのが、昨日の雨のせいか、芽を出したらしく土の色に変化が見える。

出勤の途中、御近所の人に逢ったら「アメリカの大統領選挙がすむまでは、お葬式といえども人を集めることは禁止だそうだ」とのことだったが、何だか意味がわからない。これがデマというのだろう、とあっさりきき流したが、これから、こういう話が多くなるのだろう。私には話をしたこともない人だった。

今日は一日、何事もなくほっとする。

【十一月五日　日曜日】

日曜日なので、朝雨戸をあけてからまた床に入ってしまった。つかれている。床の中で、読みかけの谷崎源氏二巻の最後を読み終える。

朝食芋《いも》がゆ。たべ終わったとき警戒警報、つづいて空襲警報になる。二時間半で解除。向坂さん、空襲見舞いにきてくださる。夕方、一作さん、柿を持って様子を見にきてくれる。特配（＊特別配給）のビール、一作さんに飲んでもらう。

「綱武さん、オレの酒のんじゃったと怒るかな。仕方ないや、口惜しかったら帰ってこい」

などと、ほろ酔いで帰られた。

向坂さんは古谷のいとこ。一作さんは当時古谷といっしょに日本の生活文化の歴史を勉強する会を作ろうとしていた親友であった。私もその会に参加させてもらうはずで、「老婆きき書き」をはじめていた。速記で、各地にお婆さんを訪ねてはたべものの話、躾《しつ》けの話などをきいてまとめていた。

まだ空襲の無惨さを知らないときであったので、生活はどうなるのか考えていなかった。

空襲下の不安

最近の私は、夜ベッドに入るとき、この日記や資料を入れた手さげ袋を傍らに置く。何か災害があったとき、自分が逃げるのさえ精いっぱいだろうに、そんなことをするのは、あの空襲下の日々を思い出しているためかしらと、自分の行動がおかしくなる。

空襲の夜、遠くの空が赤々として、そこへなお、爆弾らしきものが落とされていくのを見ながら、ここに落ちてくれば死ぬかもしれない、死なないまでも、火の海になれば、どこへ逃げればいいのだろうと、いつも落ち着いていられなかった。当時の生活を、どう伝えればいいのだろうと考えこんでしまう。

何しろ、眠るべき時間に眠っていられないのは一番つらかった。しかも不安を抱きながらただ空を見上げているだけしかすることのないもどかしさは、人を投げやりにする。もし、現在のような平和な生活の中に、突然そんなことが起こったら、と私はよく思う。今は空襲といっても、飛行機で飛んでこなくても、大量殺戮《さつりく》兵器は襲ってくる。

そういう私も、半世紀以上をすぎて、あの頃のことはずいぶん忘れている。この日記を読むと、今の自分の心のゆるみに驚くこともある。

【十一月七日　火曜日】

一日から三回夜間の空襲。夜の時間が自分の時間なのに、予定がたてられないことに心がざらざらする思い。昼も毎日の空襲警報に地下二階への待避だ。度重なると嫌気がさしてきて、面倒だなあと六階の窓から空を見上げる。悠々とB29が飛んでいき、そのあとに描かれる飛行機雲の美しさに見とれていたりする。

今日のB29は偵察であったのか、一時半から三時半すぎ警報解除。町には鉄かぶとを背負った人が多くなった。私も、綿入り頭巾《ずきん》を鉄かぶとにかえて背負って歩く。今朝、横断歩道で赤信号で止まっていたら、私の鉄かぶとを少年がそっとたたいていた。本物かどうかをたしかめたらしい。ふりかえって、両方とも笑ってしまった。

綱正《つなまさ》さんにお米をとどけに毎日新聞社へゆく。ブラジルからの「無事でいるから」との便りがあったので、それも届ける。


綱正は古谷のすぐ下の弟。当時ブラジルには一番下の弟が父親と共に住んでいた。ブラジルの日本人たちの間にも戦争をめぐっての対立があり、身の危険を感じた人もあったようだ。古谷の父も、銃を持った人に襲われ、洋服ダンスの中にかくれて助かったのだという話をきいている。その事情は、私はよく知らないので書くことをさけたい。

【十一月八日　水曜日　大詔奉戴日《たいしょうほうたいび》（＊戦時体制への国民の動員強化を狙いとして設けられた日。毎月八日）】

よく晴れていると、やはりまだあたたかい。この頃、晴れた日には会社の誰かが空を仰いで「今日は定期便がこないかな」などという。

「そういえば、この頃よく敵さんっていうけど、『さん』というのが敬語として使われているわけじゃないわね。どういう感じだと思う？」

と、萬沢さん（＊同僚）がいった。みんながいろいろな意見をいったが、結局、一種のからかいと、「なかなかやる」という意味もからんだ言葉ではないかということになった。空襲に対する「定期便」という言葉も、それと同じような感じがある。

今日の東京新聞の夕刊は、女子現員徴用（＊新規にではなく、すでに職に就いている者を徴用すること）決定を報じ、職域別の動員を加えて報じている。三十歳未満のものがその対象となっている。私も、栄養学校関係の仕事でどこかの炊き出しなんかに出なければならないかもしれない。
どんな場所でも、自分が必要とされる場で働くことに不満はない。幼児、乳児、老人の疎開も決定したようだ。帝都に残るものの生活についての問題解決も急がれなければ。

【十一月十一日　土曜日　一日じゅう曇り】

今日、井上社長より、ここ一、二年の鉄道職員の職場の歌を『大和』と『輸送戦線』（＊いずれも鉄道関係の雑誌）に掲載されたものから五十首を選んでまとめることをいいつかった。
私は、この戦争が終わるまで生きていたら、そのときの人々の歌を目にふれるかぎり集めておきたいと考えた。戦争中の歌はたくさん残されるだろうが、終わったときの人々の心をうたった歌は、案外注意されないかもしれないと、ふと思いついた。

珍しく今日は空襲なし。昨日買った日本諸学講演集の「芸術篇」を明るい電灯のもとで読む。菊五郎の芸談が読みたかったのだ。やはり面白くて、いい気分になる。「踊りの稽古をするとき自分は裸でする」と書いてあった。「裸でよいかっこうは、着物を着ても必ず美しく見える」とか、「その役になりきるために、その役のような心になる」など。きいたことのあるようなことでも、その言葉の味わいというのか、こんな日々の中で読むと心にしみこんでくる。

「民俗学研究」一年分払い込み。六円。

この頃、駅で夕刊を買うのをためらうこと多い。明日になれば朝刊がくる、ラジオでニュースもきける。だから今買うこともないと考えてしまうのだが、電車の中で読めるという誘惑に迷いながら、駅にきて売り切れているとほっとする。節約を考えなければと思いつつ、つい見ると買ってしまう。

節約といえばお風呂も一人になったらうちでたてるのがもったいないと思

いついた。昨日、銭湯にいってみたら、話にはきいていたけれどひどい混雑だった。これからは、月に何度かは家でたて、あとは銭湯にゆくつもり。銭湯で耳にする話、みんな記録しておきたいほど面白い。生活文化研究会の仕事になる。

【十一月二十四日　金曜日　晴れ】

十二時頃、警戒警報。二十分ほどして空襲警報になる。つづいて待避信号の半鐘《はんしょう》。高射砲の音。いつも身支度はできているので地下二階へ。それを数回くりかえす。ラジオがないのでさっぱり情報がわからない。地下にいても連絡もなく、さっぱり地上の様子がわからない。こういうとき、いらいらしてはいけないと反省。今朝ポストに入っていた『婦人の友』を非常袋に入れてきたことに気づき、取り出した。開いたページに燃料のことが出ていた。一日分の炭を前日にこたつの中で作る方法が書かれていたので、いっしょうけんめい読んだ。そのうち、つかれて眠ってしまった。結局、三時近くまで空襲警報下にあり、五時半、警戒警報も解除された。

神田駅に着くと中央線、池上線不通とあり、ぼやっとしていたのが、はじめて不安に変わる。家に帰れないかもしれないと思った。

目黒、池袋方面に爆弾が落ち、民家にも被害があったという話が耳に入る。渋谷にまわり、私鉄に乗り浜田山に出て、歩いてやっと帰った。

今日は隣組の常会なので途中からでも出る。近くでは中島（＊中島飛行機の工場）が中心らしい。あとは三鷹の飛行場にも被害あった由。荻窪《おぎくぼ》、天沼《あまぬま》、阿佐谷五丁目に機銃の弾が落ちてきたとのこと。東田町も二丁目町会、国民学校の敷地、提タバコ店の奥の敷地にも弾が落ちていたとか。町会の指導員の話である。

私も外出がちのことを思うと、どこで死んでもよいように、身辺きれいにしていなければと思う。身ぎれいにして、家の中も片づけておかなければ。

私の非常持ち出しカバンは、いつも身につけて出ているが、「古谷家家事録」を入れている。留守を預かっている家の支払いや、原稿料収入の記録、その他仕事関係の記録など。
貯金通帳は家の中に。ハンコはカバンに入れている。

まだ空襲になれていない時期だっただけにすぐ深刻になっていた頃だった。むしろ、これからが大変なことになったのだが。

昭和十九年十二月

空襲警報発令で、防空壕やビルの軒下に退避する様子
(写真提供/毎日新聞社)

◉あの頃の日本　昭和19年12月◉

12月７日、東南海地方をマグニチュード7.9の大地震・津波が襲いました。三重県尾鷲では６メートルの津波を観測。この地震・津波による死者は1200人余、全壊家屋は約２万6000戸にのぼりました。

さて、映画は戦時下の庶民の大きな娯楽でした。この年の代表作には山本嘉次郎の「加藤隼戦闘隊」、木下恵介の「陸軍」などの戦争を題材にしたものや、工場ではたらく女子挺身隊の姿をドキュメンタリータッチで描いた黒澤明の「一番美しく」などが作られましたが、７日、映画配給会社は生フィルムの不足により映画製作がむずかしくなったとして、４割の映画館に配給の禁止を知らせたのです。楽しみがまた減りました。

身近なところにも空襲が

私は、何かを神様に願うということをしない女だと、自分では思っていたが、この日記を読み返しているうちに、ところどころに「神様」が出てくることに気がついた。十二月一日には、こんな書き出しをしている。

【十二月一日　金曜日　雨】

例年なら、お天気つづきの筈《はず》の東京が、今年はジメジメと雨が降りつづいている。空襲にも燃えないようにと、神様がそなえて下さっているのかしらと思い、そんなことを考える自分を笑った。今年もあと一ヶ月。よく働いた年だったが、いつまでこんな戦争がつづくのだろうか。

今日は空襲なし。「昨夜きた敵機は父島《ちちじま》（＊小笠原諸島の主島）あたりから引き返した模様」とのラジオ報道。日本人がはじめて経験する空襲下の生活、その記録は、勇ましい奮闘の記録は残るであろうが、一市民の、おそろしかったこと、心細かったこと、御近所づきあいのことなど、こまかいことは知られずに消えてしまうに違いない。先生に、日常のことを記録しておいてほしいといわれたことの意味がよくわかった。これからは、もっとよく見たり考えたりして書き残しておこう。

【十二月三日　日曜日　晴れ】

久しぶりで晴天を見た。朝のうち、箪笥の中を整理。着替えの下着などトランクに詰めて防空壕に入れておく。

午後二時近く警報発令。つづいて空襲警報。今日は空美しく、敵機は実に鮮明に見える。高々度で爆音もきこえない。身支度はきちんとしているのでおそろしくもない。見張りのように外に立っていた。待避命令の半鐘に、すぐ壕に飛び込めるように身がまえながら空を見上げていた。一機、あるいは数機で悠々と編隊で飛んでいる。お隣りの堀内さん、今日は御主人が甲府に御出張だそうで、一人でお子さんを守るのに大わらわの様子。御用があったら、いつでも声をかけて下さいといっておいた。

二時間くらいの間に何度も空襲警報。することもなく空を見ているだけではどうにもならない。ちょっとしたつくろいものを持ち出して、日なたぼっこをしながら針を運んでいると気持ちが静かになる。わりあい近くに爆弾が落ちた様子、消防ポンプが走る。ガラス戸がふるえ、ニュース映画の録音できいたようなドシーンという感じの音と地ひびき。爆弾だな、と思った。

あわてて空を見ると、頭上ま上に敵機がいる。何も落ちてこない。きらきらする機体の美しいこと。ただ見とれてしまった。高射砲の煙が敵機の前後に見える。飛行機雲のいく筋かをひいて進む敵機を、ただ仕方なく見上げていることを、くやしいとも思わなかった。戦争って何なのかしらと考えていただけだった。ラジオが「敵機五機を撃墜《げきつい》、落下傘で降下したもの一名」と告げた。

落下した兵士は、いってみれば敵の本土上空でも、なお落下傘にいのちを託して助かろうとしているわけだ。国民性の違いというのであろうか。「いのち」に対しての考え方の違いか、私にはわからない。

それより、今の私は自分の生死について無責任になっているように思う。何としても守らなければというものをもっていないことなのか。たとえば、今日見たお隣りの奥さまのように、お子さんを連れて防空壕に出入りするときのあの真剣さがない。

昇さんの戦病死をきかされたときから、一層、無責任になったのかもしれない（＊昇さんとは、もし生きて戻れたら結婚をと考えていた相手であった）。

あたりが静かになったが、まだ警報は出たまま。壕の外に椅子を持ち出して、日にあたりながら源氏の「雲がくれの巻」、読みかけのところから読む。

平安の都のみやびを思いながら、空を見上げればアメリカの飛行機がまたきていた。その対照に妙な思いになった。空襲警報中だったことを忘れていたのはおどろきだ。解除になったのは日の傾く頃。

何千年も、何万年も、太陽はこれからも今日のように輝きつづけていくのだろうと思いながら、人間があわれに思えてきた。これほどの東京の大事件にも、太陽は何と無関心なことか。飛行機で爆撃にきている人も、地上で小さな防空壕に出たり入ったりしている私たちも、やがて消えていくが、太陽は相変わらず輝きつづけていくのだ。

【十二月四日　月曜日　晴れ】

初霜を見る。防空壕のまわりに立つ霜柱に、ああ冬になったのだと思う。

出勤しようと青梅街道まで出ると、東田交番の掲示板に昨日の被害状況や、省線の不通が告示されていた。ラジオもこまかいところまでの報道はない。交通機関に被害があったことをはじめて知った。青梅街道を走る都電を見れば、満員で大混雑だ。とりあえず阿佐ケ谷駅にいってみる。阿佐ケ谷・荻窪間不通。「産業戦士のためのバス運転」というのも出ているときいたが、青梅街道を走っていたのを思い出し、トラックに積み込まれた人間が運ばれていくようだった。

やっと省線が動き出し、幸いに私も乗れた。ものすごい混み方だ。会社に出ると、空襲被害を受けた地域に近い住まいの人が一人欠勤。荻窪に住んでいる人が、荻窪陸橋が落ちた話をしていた。つい先頃できたばかりなのにと思う。被害が身近になってきたことが誰にも感じられるようになっている。誰もが落ち着いてはいられない雰囲気だ。

【十二月六日　水曜日】

三日ごとの定期便だから、今日は飛行機がくるかな、など会社で萬沢さんと話していたら、案の定昼頃に一機、偵察らしかった。
会社にも職域徴用とかで給仕さんに出版報國団から指令がきた。まだ十五歳なのに、心細いのか泣いていた。八日から徴用というので、明日送別会をしようということになった。社員めいめいが、家にあるもの少しずつ持ち寄ってお茶の会をしてあげることになり、私が調理係を引き受けた。さあ、何が集まるのか。今日は早く寝て、明日は早く出社しなければ間に合いそうもない。

【十二月七日　木曜日】

持ち寄りの材料はまちまちで、そのうえ会社の炊事場は、お茶をいれる程度のことしかできない流し台とガスコンロが二ケだけだから、二十人前のたべものを作るのは無理だけれど、とにかく、集まったさつま芋を中心に作るものを考えた。

お茶の会といっても、仕事もある。空襲がないようにと願いながら、ふかし芋、焼きするめ、肉なし八宝菜、塩もみキャベツと、さつま芋をつぶして、ちょっと飾りをつけた苦心のケーキ。変な取り合わせだけれど、集まったものがそれだけなので、仕方がない。私は大事にしていた大豆を持っていって、しょうゆ豆を作った。中途で警報が出なかっただけが救いだった。

持参のおべんとうと、持ち寄り材料を、たべられる形にして、みんなでたべただけだったが、とにかく無事に送別会が済んでよかった。ほっとした。

私たちも、鉄道教科書会社の社員なので、鉄道挺身隊（＊鉄道機関で働く人間で構成された勤労奉仕団体）に入っている。二十代も、どこかに徴用されることがあるのだろうか。

今日は静岡地方が空襲されたとの情報。焼夷弾《しょういだん》がたくさん落とされたという。ラジオがガーガー雑音入りできときとりにくい。

今日、心にきめたこと一つ。私は何かをメモするとき、たいてい、くちゃくちゃした字を書いてしまう。これからはメモといえども、きちんとした字を書いておこうと思った。自分のとったメモを長くしまっておくのが嫌いなのは、字がくちゃくちゃだからで、あとで自分でも読めないことが多い。これでは役に立たないと反省しているからだ。

外出先で空襲にあったときもメモは必要だ。

空襲下でも眠りこけていた

近頃、新聞の投書欄などに、決してくりかえしてはならないという思いをこめて「戦争」の思い出や体験を書いて投稿する人が増えてきたこと、また、体験者の話をきいたことから、「知らなかった」「日本にもそんなことがあったのか」といった内容の感想を寄せる小中学生、若者のいることに気がついている。

こういった投書はくりかえされてきたのだろうが、私自身が戦争の日々を忘れかけていたために見落としてきたのかもしれない。当時の私は、軍隊に召集《しょうしゅう》されていた人の仕事の助手として、戦時下の東京の毎日のできごとを、一市民としてどう受け止めたかを、とにかく書きとめておくことを自分に課していただけであった。しかし、読み返してみると、言葉だけでつらかったというより、事実を示すことの重さをあらためて感じた。たとえば、空襲下の空《むな》しい時間、自分が何をしていたかを書いておいたことが、人のくらしとは何なのかを考える資料にもなることを知った。事実の記録は、大切なことだと思う。

【十二月九日　土曜日】

昨夜は警戒警報だけだったので、のんびりと、塩抜きしたたくわんのしっぽできんぴらを作っていたら、突然待避半鐘がなり出してびっくりする。頭上に爆音で本当におどろいた。これから、こんなこともあるのだろうが、松戸方面が爆撃されたとのラジオ報道。

今朝早く三郎叔父さま（＊古谷の母の弟）が、大阪まで仕事でいきたいが、汽車の切符がとれないので、何とか頼めないかと相談にいらした。会社で、総務部長にお願いしてみた。部長は鉄道省出身の人なので知人に紹介していただいた（＊鉄道の規制がはじまっていた）。

綱正さん、洗濯ものを持ってみえる。私はちょうど谷川《たにかわ》奥さま（＊哲学者・谷川徹三《てつぞう》氏の奥さま）からお風呂によんでいただいていたので、綱正さんに留守を頼んでもらい湯にいく。そのことをお話したら、帰りに奥さまから、綱正さんにビール一本とおつまみ、私には果物をおみやげに下さった。いつも面倒をみていただく。綱正さんに伝えると、

「僕がまだ中学生、兄貴は高校生で、二人で谷川家を訪ねたことがあった」

と、ビールを飲みながら話しはじめた。

「京都（＊当時の谷川氏の住まい）までいくのは生まれてはじめての大旅行だった。その頃ビール飲むなんて大変なことで、二人とも興奮して、今思う

とバーのようなところに入ってみたら、薄暗い変なところで、急に二人とも大人になったような気分だった。『ここはグロテスクという感じのところだな』とか、ユニオンビールというのが出てきたのを手にとって『このびんの線はすばらしい、これがゲテものの美というものだ』なんて、深刻な顔してほめたりしてね、谷川徹三先生や、柳宗悦《やなぎむねよし》さんの影響受けていたのだ」と、なつかしげな顔で話していた。いつか、こんな話を兄と弟ですることができるのだろうか。昨夜の空襲のことなど思い出して、一刻一刻を大切に生きなければと思った。

九時半、綱正さんが帰るのを門まで送って出たら警戒警報のポーッというういやな音。すぐ寝るわけにもいかないので、昨日の教習所査閲《さえつ》の陸軍大佐の発言記録、反文《はんぶん》（＊当時、吉沢さんは速記者として働いていた。反文とは、速記の文字を普通の文字に直すこと）をはじめる。二時まで起きていて、今夜はもう空襲あるまいと床に入る。久しぶりでモンペを脱いで、のびのびと眠った。

【十二月十日　日曜日】

一日じゅう反文の仕事に集中。仕上がったので、たまっていた手紙の返事を書いた。早く寝ないと、明日は会社にいく前に教習所へ速記の反文を届けなければならないと、予定をたてているところへ警報が出た。すぐ空襲警報になった。外に出て空を見上げたが何も見えない。やがて、二機来襲したが一機は地上からの照射に捕えられて命中弾を浴びた模様、一機は退去とラジオで。

間もなく警報は解かれた。眼が冴えてしまったような気がしたが、横になるといつか眠っていた。少し眠って、また空襲警報。何だかぼやっとしている。家中あけ放して眠っていたので、床の中から遠くが焼けて明るくなっているのが見える。夜半の風が家の中を吹き抜けるので、その冷たいこと。夜はつらいなあと思う。
今夜の空襲は、やはり町なからしい方向だ。

【十二月十二日　火曜日　晴れ】

昨夜は二回の空襲で、警報で眼をさましたものの起き上がることができず「爆弾が落ちてきたら死ぬだけなのだから」と、二回ともふとんの中にいた。二回目は解除も知らず眠りこけていた。昼間は普通に仕事をして、夜は空襲で何度も起きる。都民もよくやるものだと自分のことも含めて感心する。

二回とも房総と伊豆方面から侵入してきたというが、爆弾投下はなかったようだ。夜中の空襲がはじまった頃は、会社にも遅刻の人が多かったが、この頃はみんななれたのか、普通に出勤してくる。空襲もいやなお客さんがきたような感じで、別におそろしいという感じもなくなってきたように思う。

今夜も七時半と、一時間半あとの九時に、帝都南地区に焼夷弾と爆弾を投下したという。床に入ってラジオをきいていたら、東部軍情報というのが流れてきた。

「敵の夜間空襲は益々執拗《ますますしつよう》になり、全員一層の奮闘を希《のぞ》む」

と、おごそかにいう。内地も戦場になったのだ。いつか眠っていたのを警報で起こされた。ラジオは「敵機は帝都上空を旋回中」という。いい気持ちはしないが、なすすべもない。

そのうち警報解除。あんまり外が静かなので少し戸をあけてみたら雪が降り積もっていた。そうそう、雪が積もると、もの音がきこえなくなり、耳が遠くなったような気がするものだと思い出し、明日の朝は熱々の芋がゆをたべようと思った。

そのとき、何の脈絡もなく会社の重役が話していたことを思い出した。

「うちの奴等は（＊御家族のこと）、めいめい、非常用の食糧といっては何か、袋に詰め込んでいる。娘なんか味の素の缶詰を見つけて、お嫁にいくとき持っていくんだと自分の袋に入れている。そのくせ、空襲警報が出ると、袋の中のものをたべているんだから、非常用になんてなりゃしないと私は笑っているんだ。真っ暗な夜中の空襲警報中に、モソモソ非常袋の中を探っている音をきくと、つい吹き出してしまうんだ」

きいていた私たち数人も、わかるわかるといって大笑いした。空襲下のユーモアをひろった感じであった。

こんなふうに、毎日の空襲がつづく中、私たちもそれになれっこになってしまったようだ。戦局はきびしい状況になっていくのに、あえて空襲も軽く受け止めようとしていたことが感じられる。昼間の空襲には、

「あら、今日はお客さん珍しく昼間のお越しですね」

と会社の人たちと話したり、待避の警報を無視して屋上に出たりした記録を読むと、居《い》なおっていた自分を感じる。ふだんは都電が走り、人も車も見える白昼の大通りに、

一人の人間の姿も見えないなんて、想像もできなかった一年前の呑気《のんき》さがおかしくなる。

それよりも、今、須田町交叉点のあたりは、秋葉原に近いこともあり、にぎわいは戦前には思い及ばなかった変わりようだが、それでも、衣料生地の問屋街としてにぎわっていた。秋葉原駅は、すぐ下が神田の青果市場で、キャベツや大根の葉が散らかっているのを横目に見ながら歩いたものだった。

そんな人の出入りの多い街に、明るい昼なのに、誰もいないという風景は、たしかに異常だった。地下へ待避しろと警報が出ているのに、屋上に出て誰もいない静かな街を見おろしていた私も非常識で、誰かに見られて何をしているのだと咎《とが》められても仕方がない態度だった。にもかかわらず、ふらりと屋上に出てしまった精神状態は、平和呆《ぼ》けをしている今では自分でもわからなくなっている。

夜中、防火用水の氷を割る

空襲がはげしくなって、二ヶ月くらいたったときから、自分の気持ちがかなり投げやりになってきたことを感じる文章が出てきた。毎日何度もの警報に、家にいても、会社にいても、そのたびに防空壕に出入りしているうちに、もう、どうでもいいという気持ちになってきたことが、あちこちに見えて、今思えばそれも当然だったと思う。庭の防空壕といっても、植木屋さんに穴を掘ってもらって、板をかぶせて土を盛っただけのもので、雨をしのぐためにトタン板をのせてあるだけのものだった。焼夷弾の直撃でも受ければ、ひとたまりもなくこわれてしまう。そんなところに入ってみても、助かるわけがない、とわかってしまったのだった。

しかし、戦争がなぜ起こったのか、誰の責任なのか、毎日の空襲にさらされている私たちを守ってくれるのは誰なのかといったことに私の日記は一切ふれていない。それがなぜだったのか、日記を読んでいるうちに、思い出してきた。

「赤紙《あかがみ》」といわれていた召集令状一枚で、男たちはだまって軍隊にとりこまれていった。父母、妻、子どもたちが、どんな状態であとに残されるかは一切かかわりなくいかなければならなかった。残されたものは、お国の役に立つことを名誉と思えと教えられ、だまって従わなければ非国民といわれた。きわめて個人的なものである筈の日記にも、そういう思いは書かなかったのだと、思い出したのだ。

当時私は、エスペラント語（＊ポーランドの言語学者が創った国際語。一八八七年に公表され、明治三十九年には日本エスペラント協会ができた）の講習を受けた同じクラスの人たちと、ときどき集まって、エスペラント語を忘れないようにという勉強会に出席していた。そのお仲間だった一人が、古本屋で買った本に目をとめられて警察に連れていかれたときいてびっくりした。

本を買うのも、どこで誰に見られているかもわからないということを、はじめて知った。純粋な勉強会でも、集まりをもつこと自体が監視されているのかとおそろしくなった。やがて勉強会も解散になった。私が、日記にも当時の社会のことについて、何も書かなかった理由を、少しずつ思い出し、思ったことを自由に話したり書いたりできる現在と比べて、日本にもそういう時代があったのだと、今更のように考えてしまう。

【十二月二十日　水曜日】

急に寒さがきて、今朝はおびただしい霜柱だ。庭の木々も葉をぐったりさせている。それでも椿、沈丁花は花の季節が近いせいか、蕾《つぼみ》が少しふくらんで赤みをおびてきているのがわかる。植物のいのちのすこやかさは、戦争にも関係ないのだと、しみじみと見た。

今日は昼の空襲なし。

夜、床についてから空襲はじまる。警戒警報だけだったのに、ラジオをつけたら「帝都数ケ所に焼夷弾投下」という。

身支度をして戸をあけ、防火用水の氷を割り、バケツに水をくみ、一息ついて空を見上げたら突然に、その見上げたあたりに幾筋もの光が走った。機影がとらえられ、集まった光の筋の中に敵機が見えた。真上に見える機影がちょっとはずれたとき、風鈴のような形の光るものが落ちてきた。近いな、と思いながら焼夷弾らしいものの行方を見とどけていた。近くに落ちたような音。

今夜は星空がとくべつに美しい。オリオンはいつもより高く見えて、くっきりと形がととのって見える。金属的な、近くに爆弾の落ちた音を忘れたくて、わざと空から目を離すまいとしていたが、近火を告げる半鐘の「すりばん」(*けたたましい連続音で火事の近いことを知らせる音)に、仕方なく動き出した。

オリオンの美しい空を見ているうちに、こんな瞬間に私の上に爆弾でも落ちたら、とてもしあわせだな、と思っていた。防空壕に入ったり出たりするときの、湿っぽい土に手がふれると、何だかかゆくなる。そんなこととともお別れだし、寒い夜に防火用水の氷を割ったりもしなくてすむ。一切のものから解き放されるのだ、と、ぼんやり考えていた。

おかしい。睡眠不足、栄養不良の毎日だもの、つかれているのだと思う。

【十二月二十四日　日曜日】

昨日は暮の賞与《しょうよ》を貰った。今期は二百七十円貰った。そのなかから税金二十四円。貯金その他として差し引かれた額二十円。物資購入費六円三十三銭、それで差引き二百十九円が収入。

私も人並みにボーナスをもらってうれしい。高岡さん（＊高岡さんは古谷の住宅の家主さん）と谷川先生（＊哲学者・谷川徹三氏。詩人・谷川俊太郎氏の父）のお宅に暮のお礼をと思っていたところ、会社で海苔がたくさん買えたので、希望者に分けられるという話があった。うれしい。とりあえず二十帖を申し込んだ。会社でも食糧調達が仕事のようになってしまった庶務課長さんに、いつもお世話になっている。庶務課長さんはご自分の郷里に出かけて、いろいろなものを手に入れてきてくれる。そういうルートのない私たちは、本当に助けてもらっている。

今日、会社では会計課長の一人息子さんに召集令状がきた由。課長さん、田舎に帰らなければならないため、明日の給料日を繰り上げて今日貰うことになった。

ボーナスも出たし、給料も貰ったので、隣組に割り当てられている額にまだ達していない国債を二十円買うことにしよう。台帳など整理して申し込み書類を書く。隣組としてはできるだけ多く買いたくても、疎開するお宅も出てきたし、むずかしいと思う。

東京は警報だけで空襲はなかったが、中部地区にマリアナ（＊ミクロネシア北部に位置するマリアナ諸島にある基地）から百機くらいの敵機来襲で、撃墜十機とラジオできく。被害はまだわからない。何の報道もない。

【十二月二十五日　月曜日】

美穂子（＊私の妹）のうちに招かれた。この頃、長雄さん（＊妹の夫）、事業がうまくいっているそうで、お金持ちのようだ。美穂子のために新しいピアノを買ったり、家具も入れ替えている。私にも欲しいものがあったら買ってくれるというのだが、今の私は欲しいものがない。いつ死ぬかわからないのに、ものを持っても仕方ないと思っているから。同席した陸軍中尉と、台湾のお金持ちの音楽家、そのお客さんの話をだまってきいて帰ってきた。軍人さんからおみやげに貰ったからと、美穂子が羊かんを半分くれた。

この年の終わりの日には、配給のニンジン一本とカンピョウで煮物をしたり、一人七百グラムの配給のお餅でお正月らしいお雑煮がたべられそうだと喜んで書いている。サッカリン（＊人口甘味料のひとつ）を少し入れて、さつま芋一本だけできんとんも作ったと書いてある。こたつに入れるタドン（＊木炭や石炭の粉を布海苔《ふのり》でボール状に固めた燃料）もあるし、火鉢に入れる炭もあってお正月が迎えられるのは、本当にしあわせなことだと思っていたようだ。そんなことも書いてある。

除夜の鐘の代わりに待避半鐘をきき、ひどい地ひびきで飛び起き、手足が冷えて感覚がなくなっても、火の手のあがっている方向を、じっと見つめていた自分を、この日記によって思い出すことができた。記録しておいてよかったと思う。

ひっそりとした大晦日に、福茶のかわりに焙じ茶をいれて、たこの足の干物を焼いてたべたと書いてあるのを読んで笑い出してしまった。きっと、おいしかったのだろう。何しろ、常に何かたべたかったのだ。

昭和二十年一月

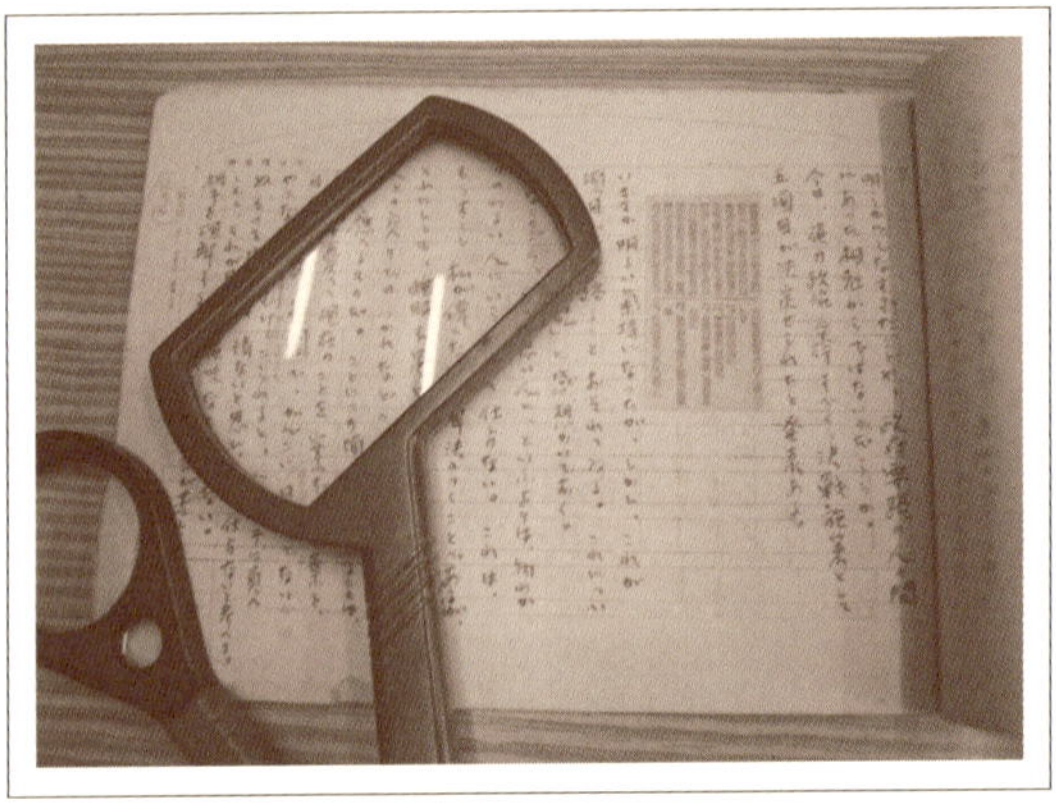

吉沢さんの昭和20年1月12日の日記には
当時の新聞の「強力政治実行のための決戦施策」
発表の切り抜きが貼られている

あの頃の日本　昭和20年1月

前年の地震から１か月余りの１月13日、またもや東海地方に直下型の大地震が発生しました。死者は前回を大きく上回る2300人余、全半壊家屋は１万7000戸という被害でした。三河地震といわれたもので、援助物資は乏しく、あいつぐ自然災害による生活への打撃は大きいものでした。軍需生産力にも影響が出るとして、地震・津波に関する報道は厳しく規制されました。

25日、政府は最高戦争指導会議を開き、軍需生産の増強、生産防衛態勢の強化などをもりこんだ決戦非常措置要綱を決定し、本土決戦への道を選びます。

たべものの少ないお正月

日常生活の中に入ってきた二ヶ月に及ぶ空襲の日々は、やっと私たちに「ここも戦場になったのだ」ということを悟らせた。

女は銃後の守りをするのだと幼いときから何とはなく耳にしていた。戦場に出ていく男たちに、後顧《こうこ》の憂いをもたせないようにしっかりと生きるべきだと、日本の女たちは教えられて育ってきた。しかし、ごはんを炊いたり、赤ちゃんのおむつを洗ったりする、一人一人のくらしの中に、戦争が入りこんできたのだ。いよいよ女も銃後ではなく戦場にいるのだと実感させられる日々がきた。

近所の小学校を会場に、防火訓練をするから参加せよと、隣組に回覧板をまわすようにと町会からの指令がきた。回覧板はお隣りに届けたが、勤めをもつ私は訓練には参加できないので、町会にはその届けをし、御近所の方たちにも事情を話して不参加のお断りをした。御近所のしたしくしている奥さまとは、「バケツリレーで水をかけても、焼夷弾がたくさん降ってきたら消せないわね」と、ひそかに話し合っていたことをおぼえている。「エイッ」「エイッ」と、竹槍《たけやり》訓練もした。竹棒の先を鋭くとがらせて武器にし、それを構えて、外国兵が入ってきたら竹槍で立ち向かうための訓練だった。小学校の庭で、モンペ姿の女たちが、そんなことをしていたのが、つまり私たちだった。心の中ではそれで戦争に勝つことを考えていた人はいたのかと思うが、口に出すことは誰もしなかった。

空を飛んできて爆弾を落とす敵に、竹槍やバケツの水を手渡しして火を消せと、戦場になった東京に住む私たちは指導を受けていたわけだった。

昭和二十年の年頭の日記にはこう書いていた。

【昭和二十年一月一日　月曜日　うす曇り】
三回の空襲で明けた昭和二十年のお正月。
トリ肉もなるとも入っていないお雑煮だけれど、幸いにお餅はあるので、庭に出ている小松菜を青みにお雑煮を祝う。

今日から新聞が隣組配達となった。結局、組長宅に置いて、みんなが取りにくるということになった。

水音《みずおと》のおばさんがみえた（＊古谷が長年お酒をのみにいっていた店の女主人）。和子ちゃん（＊おばさんの娘さん）の疎開先へ逢いにいきたいが、汽車の切符が買えないので困っている由。おひるをあり合わせのものでいっしょにたべていろいろ話す。

そんなところへ浅野宗三郎さんや牧さんがみえた（＊二人とも、古谷たちが作っていた同人誌『文学草紙』の同人で、私もその同人の一人だった）。古谷さんの消息はどうかと、ききにきたのだとのこと。水音のおばさんとも知り合いの仲なので、みんなで話す。

みなさんが帰ってから隣組の台帖の整理。会計簿の整理などしていたら十二時近くになってしまった。

今日は一日わりとあたたかく、おだやかに過ぎた。

【一月三日　水曜日】

朝、谷川家、高岡家、向坂（＊古谷のいとこ）、伯母さま（＊古谷の伯父の久綱氏の夫人）の両家へお年始にゆく。

お昼から雑司谷《ぞうしがや》墓地へ昇さんのお墓参りにゆく。先日の空襲では雑司谷墓地にも焼夷弾がたくさん落ちたということだったが、山内家の墓は無事だった。お父さま、お母さまと並んだ正七位軍医大尉山内昇之墓、くるたびに、しみじみとした思いで見上げる。

帰りに中野さんのところに寄る。アパートの片づけのことなどでお世話になっていたお礼と、おしゃべりを楽しんで帰った（＊中野さんは私が妹と住んでいたアパートのお隣りの住人だった人）。

この三ヶ日、空襲もなく静かにすぎて幸せだった。早く床に入る。明日から出勤だ。

【一月四日　木曜日】

昨夜も東京には「敵機来襲」はなしだったが、新聞には中部地区への来襲が伝えられている。

仕事初め。今日は顔合わせ程度で、みんな帰ることになった。おとそもないお正月だが、会社の人たちも皆、無事にすごせてよかったというあいさつになった。

元旦のお客で、うちにはお茶がなくなった。お茶屋さんが店を閉じているので買えない。会社から少し貰ってきて、夕食は一枚のホットケーキとお茶。シロップもバターもないから、カチカチになったハチミツをあたためて溶かし、少しだけ塗ってたべた。ホットケーキといっても、小麦粉ととうもろこし粉を水溶きして焼いただけのものだけど。

十二時近く床に入ったが、明け方警報で目をさます。起きて防火用水の氷を割らなければとあせるのだが、起きられない。よそのお宅で氷を割っているらしい音をききながら、半分は眠りこけていた。

【一月五日　金曜日】

新聞は「戦局必ずしも可ならず」と首相の演説をのせている。特攻隊の戦術は最後の切札のような思いもする。

会社は今日は休み。夕食にカレーを作ってたべる。子どもの頃にたべたような、じゃがいもと玉ねぎを茹《ゆ》でて、塩とカレー粉で味をつけ、メリケン粉でとろみをつけただけの黄色のカレー。炒《い》り大豆を入れて炊いた玄米ごはんにかけてたべた。おなかがいっぱいになればいいというだけの夕食。ニンジンがなくて彩り悪し。

夜九時頃、突然の空襲。警報もなく焼夷弾が投下されたのでおどろく。大分焼けているようだ。モミジの木にのぼって見ていた。どうも神田方面のように見えた。

ラジオがこわれたのかガーガーいうだけで何もきこえないのが困る。唯一の情報源の東部軍情報がきけない。ラジオをなおしてくれる人もいないし、これから何日、こんな不安にさらされて生きるのだろう。

このところ、両隣りがお留守なので緊張している。モンペも足袋《たび》も脱がず、すべて着たままで床に入る。気持ちがわるい。


【一月六日 土曜日】

一日じゅうよく晴れていた。

レイテ（＊フィリピン中部の島。日米軍の激戦地となった）が不利となり、ルソン（＊フィリピン群島の最北にある主要島）が決戦場となったことは、次の戦局を予想させる。日々の新聞を見ていると、だんだん悲観的になってくる。台湾、九州が近く戦場になるのではないか、などという人もいる。「まさか」といえないのが私も本心だ。

軍需品工場では、労務動員で受け入れた工員を遊ばせているという噂も流れている。すべて明るい話ではない。そんな世相の中、空襲つづきで寝不足の疲れが、一触即発の鋭い利己心となって、電車などの乗り降りの際の、ものすごいトゲトゲしさになっているのではないだろうか。

私も、いっしょうけんめい「なごやかな顔」をと努力しているが、ときどき、わっと叫びたいような、神経がどうかなりそうなときがある。

会社のIさんがこんなことをいっていた。寄宿している家は叔母さん宅だそうだが、その叔母さんは、「空襲で火事になったら、掃除するのもつまらない」といって、この頃めったに掃除をしないのだそうだ。今の都民の気持ちをあらわしているところがあると思う。その日ぐらしの感じの東京の昨日、今日である。

空襲で明けた新しい年。正月らしい気分など望めるわけもなく、むしろ、戦場にいるのだという気持ちになっていたのだが、それでも正月休みにはお年始まわりをしていたのかと、日記を読んで知った。ろくにたべものもないお正月、カレーだのホットケーキだのと書いているが、何とも貧しい内容だ。あの頃の生活を、あざやかに思い出させてくれる。

決戦施策が発表された

行方不明の百歳をこえた高齢者が次々に出てきて、その人に何十年も年金が支払われていたことが大問題になった。この原稿を書いているとき（平成二十二年）それがマスコミをにぎわしていたのだが、空襲下の日記に見る生活の中にすっかり埋没していた私は、三十年間も役所が住民の処在もわからずにいるのかと、あり得ないことをきいたおどろきで、しばらく頭が混乱した。

あの頃は、焼け出されて逃げのびたものの、生活を立てなおすためにひとまず郷里へ帰ろうと、やっと家に辿《たど》りついたら、召集令状のほうが先に届いていた、という話をきいたこともある。調べあげることは徹底していたのだろう。それを私はとくに何とも感じていなかった。プライバシーなどという言葉を知らなかったせいだろうか。

テレビニュースの中で、行政関係者がマスコミの人たちに「なぜしっかりと調べなかったのか」ときかれて、「家の中にまで踏みこむことはプライバシーの問題もあるから」と理由を述べていたが、ああ、戦争は遠い時代のことになりつつあるのだと感じた。

二度と、自由にものがいえない時代がくることは避けなければいけないけれど、常識では考えられないようなおかしな事件が起きているのを、プライバシーの尊重とはいえないのではないかと思った。あの頃の私たちにプライバシーなどなかった。

こんな世相の中で日記を読んでいて感じたのは、私という一人の女の人生の中でも、ずいぶん、いろいろな時代が通りすぎていったのだと思わずにはいられない。今は夏は冷房があるのがあたりまえ、冬は上着を脱いで仕事をするほどオフィスなどは暖房している。

私が勤めていたのは、神田須田町の交叉点のところにあった七階建てのビルだった。たしか地下鉄の会社のビルだったと記憶しているが、はっきりとは思い出せない。冷暖房なし、エレベーターはあったが節電のためだったのか使えなかった。寒いときは、男性たちは石油缶で作った火鉢みたいなものの中で木ぎれを燃やしたり、燃えつきたあとには、自宅からもってきた炭を入れ、それをかこんで会議をしたりしていた。床はコンクリートだったから冷えきっていた。足にはゲートル（＊厚地の木綿や麻などで脛《すね》を包む洋風の脚絆《きゃはん》。筒状のものや、巻き脚絆がある）を巻き、国民服の男性と、モンペ姿の女性の着ぶくれた姿は、遠い冬の記憶になっているが、日記を見て、その頃の自分の姿を、はっきりと思い浮かべることができた。

【一月八日　月曜日　一日じゅう晴れ】

大詔奉戴日の式がある日だが、今日は鉄道教習所での行事は取りやめになった。

晴れていても、火のない事務所は足もとからしんしんと冷えて、落ち着けない。いくら必勝の信念をもてといわれても、寒いことは寒いとしかいえない。昼休みは屋上で日なたぼっこだ。会社に出てもする仕事がなくなってきた。

家に帰って『文学報國』を読んだら、浅見淵《あさみふかし》氏（＊小説家、文芸評論家）応召と出ていた。みんな出ていかれる。

【一月九日　火曜日　晴れ】

会社へ出ても、仕事がない。ずっと自分の手紙の返事を書いたり、みんなにお茶をいれてあげたり、ほとんど自分の雑用で終わってしまった。

昼すぎ警戒警報。「数機目標南方海上より侵入」と東部軍情報。つづいて空襲警報。編隊が通っていく空を見上げていると、この広い空を守るのは大変なことだわ、と思う。二十数機だったろうか。東京に爆弾は落とさなかったが、近畿、中部地区には六十機が来襲とのこと。夜は寝まき用のモンペを縫う。

【一月十一日　木曜日　雪】

底冷えがすると思っていたら雪になった。今日も会社に出ても何も手につかず、ただ、冷えとたたかっている気持ちだった。することがないので、手持ちの紙の連数をきちんと頭に入れておこうと数えたが、手先が無感覚になって、ひざがガタガタする。

新しく会社に入ったSさん、物資を集めることが仕事になってしまったようだ。今日はウイスキーが手に入るとか。アイデアルウイスキーというので一本百五十円だそうだ。

えっ、私の月給は百二十円なのに、とゆううつになる。でも妹からたのまれていたので一本購入とたのんでおいた。

帰り妹の家に寄り、ウイスキーのこと伝えたらもっと買うという。豚なべ、ごちそうになって帰る。門のポストに父からの手紙が入っていた。北海道にきてはどうかと書いてあった。手紙に添えて百円が同封してあった。やはり親は心配しているのかしらと考える。

闇《やみ》のものの値段はどんどん上がるばかりだ。空襲よりこわいのはたべものが無くなっていくこと。

【一月十二日　金曜日　晴れ】

雪の明日は裸虫の洗濯（＊天気にまつわることわざ。雪の翌日は晴天なので衣服の少ない貧しい人でも洗濯できるということ）、ということわざ、よくいったものだと思う。いいお天気。昨夜も二回の空襲あったが、起き上がるのも大儀《たいぎ》でそのままふとんの中にいた。いつもはお隣りさんが垣根ごしに声をかけてくれるので、戸をあけなければいけないが、静かだったので私もだまっていた。今朝きいたら、知らずに寝ていたとのこと。お互いさま、自分のからだを守らなければ。

この頃、夜中に目をさますと、何となく警報を待つような、変な気分になる。

いったい戦争はどうなるのかしら。昨日も会社のSさんがいっていた。これだけ詰まってきて、まだ足りないというのなら、勝てる道理がないと（＊物資が不足しているのに、まだ増産せよという政府への反発の言葉と私は受けとっていた）。そしてまた、「われわれ国民は、軍や政府のいうままに働いてきた。これで負ければ、国民がわるいのじゃない」という人も出てきた。

「軍人にまかせておけといいながら、悪いときは国民総力戦というからな、とてもかなわないよ」

という人も。小さな職場だからこういうことがいえるのだ、と私は古本屋で本を買っただけで警察に連れていかれた友人のことを思い出して、誰か人が入ってこないか、入口を見つめた。

今日、強力政治実行のための決戦施策というのが発表された。

情報局発表。十二日午後五時。

一、防衛と一般行政との吻合《ふんごう》並《ならび》に施策運営の迅速果敢と浸透実践とを図り國内總力を擧げて生産及防衛の一体的強化を期する為地方行政協議会長と軍司令官及鎮守府司令官との連繫《れんけい》を一層緊密にするの方策を講じその体制の下《もと》に中央の計画に基き差当り左の重点施策を実行することになれり。

一、防空態勢の強化

二、軍需増産の徹底強化

三、食糧の飛躍的増産と自給態勢の強化

四、勤労態勢の強化と國民皆働動員

五、所在物資産等の徹底戦力化

何だか、いかめしい言葉は並んでいるが、今読んでみると、何とも内容のつかみどころがない決戦施策といえるのではなかろうか。これは新聞の切り抜きを日記に貼りつけてあったので、黄ばんだ小さな字が読めず虫めがねで読んだ。でも、これが私たちの生活にすぐひびいてきたのは、貴金属や鉄材などの供出であった。私は貴金属類はひとつも持っていなかったが、貰いものの銀のスプーンがあった。でも、供出所へ持っていったら、これはメッキものだからダメだと返された。

あの供出された貴金属はどうなったのだろう。行方をきいたことがない。

今夜、眠るところがあるように

昭和二十年の正月はおだやかにすぎたものの、物資の不足と日毎夜毎の空襲に、誰もがつかれていら立っていた。怒りっぽくなっていた。私自身も日記の中に怒りや悲しみを書くことが多くなっている。たとえば、野菜の配給だという町会からの知らせに、喜んでかけ出してとりにいくと、大根おろし一回分ほどの大根が一人三日分の野菜だったと書いてある。大根の値段は書き忘れているが、うずら豆五銭とだけメモしてある。目方がわからないが、おそらく少量であったのだろう。

少量しかない配給に、物資不足を嘆くより怒りを書いている。「何か一品でも、たっぷり配給されれば不満の気持ちもおだやかになるのに、何もかも足りないのを、どう工夫したりがまんすればいいのか」とやりどころのない怒りを書いている。

都市で働かなければ収入のない自分たちに、月給は統制令でおさえられ、税金は上る、国債は割当だし、物品・通交も増税となる。などと、本当に怒りをぶちまけるように記している。二ヶ月前とは、かなり変わってきていることが感じられる。もう、どうなってもいいやというような気持ちも見えてきている。

【一月二十二日　月曜日】

闇でものを買うのは非国民だといわれるけれど、闇は確実に広がる一方だ。

この頃、会社にときどき来るおじさんがいる。染物屋だったが仕事がなくなったので、友だちがはじめた闇屋の手伝いをしているとか。ひそかに手に入るというもののリストを持ってきた。私もいそいで写しをとっておいた。

アイデアルウイスキー　百五十円
お餅（一升分一枚）　二十円
白米（一升）二十円
牛肉（百匁《もんめ》＊三七五グラム）十八円
白すぼし（百匁）十円
砂糖（一貫目《かんめ》＊三・七五キログラム）五百円
水あめ（〃）百七十円
卵（一ケ）二円
一級酒（一升）百二十円
浅草のり（一帖）三円五十銭

私の月給とお酒一升が同じ値段なのかと、ちょっとさびしくなる。衣料切符も手に入るとか。

会社の帰り、椛沢《かばさわ》さん（＊栄養学校の同級生）のうちへ夕食をごちそうになりにいく。食事が終わった八時頃警戒警報。よそのお宅で警報になったのははじめてなので、どうしようかと、ただ立っていた。

お母さんが、ドテラほどに綿の入った半纏《はんてん》を着てモンペをつけ、お父さんのオーバーをはおり、鉄カブトに身を固めて、重要書類や貴重品の入った風呂敷包みを抱えて防空壕に入った。ラジオが「敵は京浜地区に侵入することなく南方洋上へ相模湾方面より退去」と東部軍情報を伝えたが、お母さんは壕の中でお念仏をとなえていた。近所に焼夷弾が落とされ、その惨状を見た人には、お母さんの念仏は大まじめなことなのだ。実際に焼けただれた人を見たことのない私は、無知だから落ち着いていられるのだと反省した。

帰宅就寝後警報発令。十二時半。今夜帰りに暗い駅で足を挫《くじ》いたので、湿布しているが痛くて起きられなかった。床の中で靴下だけはやっとの思いではいた。

日記を読み返しながら、いったい、この日記を私はいつ書いていたのだろうと思った。一日が経って床に入ってからのことを、いつ書いたのだろうと思い出してみた。そうだ、早朝に警報が出たときなどに気をまぎらわすために、あるいは、仕事のない日の会社の机で、と、いろいろな場所で書いていた。だから原稿用紙の裏にまでびっしりと書いていたのだった。原稿用紙はいつも持ち歩いていたカバンの中に常備していた。会社も、仕事が少なくなっていたのだった。

【一月二十七日　土曜日】

昼休みに空襲警報。同時に高射砲の音。窓の外には点々と六ヶ所から黒い煙が上がっていたのが見える。王子《おうじ》、池袋、日暮里《にっぽり》、千住《せんじゅ》あたりだと、会社の人はめいめいでいう。黒煙の柱を見ていると、すぐ近くで高射砲の破片か機銃の弾か、パチパチというような音。近い、と思って非常持出箱に内務省へ届ける書類を詰めていると、再び高射砲の音と、何かがはじけるような鋭い音が降ってきたようにきこえた。

私の勤め先は東京の中心地にあるし、近くには高いビルもないので、事務所の窓からも遠くまで見渡せる。高射砲の音がつづくので外を見ると、また黒い煙がもくもくと天に向かって伸びていくようだ。今度のは銀座、丸の内と思われる方向に見えた。黒い煙の中から火が噴きはじめたところが五ヶ所、前の黒煙が見えたところと合わせると十一ヶ所が燃えているのだ。コンクリートの建物の中にいるという安心感なのか、この頃は私も図々しくなって地下までいくことはめったにない。

杉並方面は無事らしいが、運通省からの情報では武蔵小金井に爆弾が落ちたという。警報解除は三時半頃。すぐに、会社にはいろいろな情報の電話が入る。新橋第一ホテルの近くと有楽町駅の両側、数寄屋橋《すきやばし》から服部（＊服部時計店）にかけて火災が起きたとのこと。

省線は不通、駅は入口を閉じている。乗物を求めて人の群が右往左往している。私も都電を利用して帰った。有楽町駅の両側といえば綱正さんのいる毎日新聞社は被害がなかったのだろうか。

あの頃の私は、昼間の空襲を会社のあるビルの窓からよく見ていたが、ときどき、何の感情もなくなり、ただ、どうぞ今夜の私の眠る場所が焼けてしまわないようにと、願っていたことをおぼえている。

一月三十日の日記には、今日一日は空襲もなく平和であったことを喜び、しかし、「一日生きのびた」「希望がなくなった」と書いている。

【一月三十一日　水曜日】

一月も終わった。今日は一日タイプを打っていたので、体が氷のように冷えて固くなってしまった。午後闇屋のおじさんがきたので私も飴一貫をたのんだ。美穂子にたのまれていた分でお金も二百三十円預かっている。私は一ヶ五十五銭の干し柿十個をたのんだ。

早めに帰宅したら夕方、綱正さんが洗濯ものを持ってきて、「水音のおばさんから電話で、店をあけるからと連絡があって、いっしょに来ないかということだった」という。家に電話がないから、新聞社にかけて誘ってくれたのだ。いそいで戸じまりをして、ふだん着のモンペ姿にオーバーを着て、念のために防空頭巾を持って出かけた。阿佐ヶ谷駅まで歩き、東中野の水音まで、私は寒くてろくに口もきけない程だったけれど、おばさん、白米炊いて、鳥なべの用意をして待っていてくれた。あたたかくて涙が出そうになった。店をあけるといったのは、私たちに気を使わせないためだったようで、お客はほかになく、ごちそうしてくれたのだった。

綱正さんも奥さんは病気、一人息子はおばあちゃま夫婦の疎開先に預けての会社の寮ぐらしで、不自由な生活だった。みんなが耐えていた時代だったことを思い出す。

その夜、おばさんは、娘もだんだん大きくなるし、酒の店はやめようと思うと話した。私たちは何もいえなかったし、いずれにしても商売はなりたたなくなるのだし、しばらくはこのままで様子を見るほかないのではないかということになった。私は古谷の秘書として紹介され、おばさんと親しくなったが、女手ひとつで店を切り盛りして一人娘を育てていた、本当にまじめでやさしい人だった。古谷兄弟とおばさんは、天国で酒盛りでもしているだろうか。

昭和二十年二月

◉あの頃の日本　昭和20年２月◉

ソ連のヤルタでドイツの降伏を前提とした米英ソの首脳会談が行われ、日本の包囲網が完成しました。２月半ば、米機動部隊により関東各地が空襲され、その後、九州各地も攻撃されました。戦局の悪化にともない、敗北を懸念するデマはますます増えていき、東京では１月以来、デマを飛ばしたとしてつかまり、検事局に送検された件数が40件余りにのぼりました。また、キリスト教一派の日本聖公会やハリストス正教会の主教がスパイ容疑で憲兵隊に連行・拘引されるなどの事件も起きています。人々の心の中に敗戦への恐怖、疑心暗鬼が忍び寄っていました。

お酒一升が、私の一ヶ月の給料

昭和二十年二月の日記のはじめには、何も勉強ができなくなってきたことを嘆き、専《もっぱ》ら生活のためのモノ集めにいっしょうけんめいになっていることが書かれている。今では私自身もどんなものだったか忘れてしまったが、燃料として「亜炭《あたん》」（＊褐炭の一種で炭化度が低く燃料としてはやや劣る。日本独自の呼び名）というものを闇で買ったことが記されている。亜炭なるものを買ったのは妹・美穂子の夫のってであったが、買うことをたのみながら私は、「やはりお金があるところには物資も集まるのだと思わせられるこの家の生活だ」と、批判がましく書いているのが面白かった。

【二月二日　金曜日】

昨夜おそくから雨になり、空気がやわらいだ感じがしたが、今朝、早くから外が明るくなったように感じたが雪だった。あたたかい。

会社へ出ると、今日は税務署のお役人を招いてごちそうをしたいが、料理屋がみんな休業中だから寮を借りて、私に料理をしてもらいたいのだが、といわれた。早速、江戸橋寮にいって、調理場を見せてもらい、会社の人が運び込んできた牛肉のかたまりと野菜類を見た。野菜が豊富でびっくりした。お酒も調味料も卵も調達されている。庖丁の切れ味がよくないので、肉も上手に切れなかったけれど、ステーキ用、シチュー用、すきやき用などに切り分けておいた。いいかげんだが、ステーキ用はおみやげに持たせれば喜ばれることだろう、と思って総務の人に話しておいた。

お酒が入ると、お役人たちがごきげんになったが、警報が出たので切り上げて早く帰れてよかった。

【二月三日　土曜日　晴れ】

雪の翌日は本当によく晴れる。午前中は出版会への例外配給届書作りの夕イプを打つ。部長に目を通してもらい、封筒に納めて、ほっとして空を見たら、雲ひとつない晴天。

「今日は爆撃日和ですね」

「もうくる時分じゃないのかしらね」

などと同僚とひとしきり話す。平和な日だ。

夕方、美穂子の家に寄り、亜炭の代金を払い、ついでに水音に寄った。おばさんに明日お風呂をたてるからと知らせようと思ったのだが、留守で残念だった。人の家を訪ねて、留守だと妙に寒さが身にしみるものだ。

帰宅。今日一日分の会計整理。

今日はソ連が中立条約を破棄したとの情報が、情報局関係に入った由。今、先生のいるところは北満《ほくまん》だという。事が起これば,まっ先に戦場になる所ではないのだろうか。

早く世界が平和になればいい。人の住むところが争いでうずめられていくことは、どこであれ悲しいことだ。

【二月四日　日曜日　晴れ】

今日はお風呂をたてるといってあったので綱正さんみえる。昨日訪ねて留守だった水音のおばさんにも、戸のすき間にお風呂のこと書いたメモをはさんできたので、おばさんもきた。

おばさん、お米とトリ肉もってきてくれたので三人で夕食。たべながら戦局の話綱正さんにきく。ソ連の中立破棄も、フィリッピン事情も、新聞を読んでもよくわからない。ただ不安になったり、いらいらするだけで、私たちが戦争の中にいるのだと思わせるような政治の力がないこと、嘆かわしい。

昭和十九年中は、政治への批判めいたことは全くといってよいくらい日記には書いていなかったのが、あらわに自分のいらいらを、胸にある鬱積《うっせき》したものを、日記にでも吐き出さなければいられなくなっていたのだと思う。生活はどんどん苦しくなっているのに、あまりにも何も知らされないためのいらつきであったのだと思う。

寒さのために体調も崩していたようだ。夜、髪を洗って寝たら、水けがよくふきとれていなかったのか、寒くて目をさましたら髪の一部分が凍っていた。生まれてはじめての経験だと書いている。もう忘れてしまっていたが、そんな寒さだったのだろうか。若かったから、耐えられたあの一年だったと思う。

【二月七日　水曜日　晴れ】

午前中、東京鉄道局からの仕事たのまれる。今のところ、会社には申しわけないが自分の仕事をさせて貰えるのはありがたい。井上社長が入社のときにそれを許してくださるとのことだったので本当にありがたい。

今日の仕事は防諜《ぼうちょう》のための講演会であった。この頃ラジオで、低い男女の声がガヤガヤ入って雑音がひどいと思っていたが、敵側のサイパンからの謀略放送に対する妨害だということ、はじめてはっきりときいた。寒くて指先が思うように動かず苦労した。午後からは貴族院の速記者という人が代わってくれた。私は出社。でも特別の仕事もないので机の中の整理などした。

豚肉が百匁十八円だというのが会社に持ち込まれた。美穂子にもたのまれていたので、二百匁を分けてもらい、帰途中野駅でおりて届ける。夕食さそわれたのでたべて帰ることにしたら、また雪になった。みるみるうちに積もりだして、一面に白い道になっていく。雪の夜路は明るくていい。

満洲よりの第三信届いていた。すぐ返事を書く。

【二月八日　木曜日　雪晴れ　風つめたし】

ふかしごはんにゴマ塩をかけて一杯たべ、会社に出かけようとしているところに電報。何事かと胸がさわぐ。

「グンムニツク　九ヒニカンダヘユク　一サク」

疎開先の一作さんからだった。ついに一作さんにも赤紙がきたか、と思う。みんないってしまう。不可抗力のものに引っぱられて、一切をそのまま置いて、ふっつりと生活を変えさせられる「男のつとめ」とは、考えてみたら何かふっ切れてうらやましいような思いもする。自分がうじうじとしているようで、いやになる。

【二月九日　金曜日　晴れ】

昼頃、一作さん来社。ほんの十分くらいしか時間がないが、とにかく会っておきたかったので、とのこと。「蜂が耳に飛びこんできた夢をみたので、赤紙がくるのかなあと思ったらその翌朝きたのだ」と、いつもの笑顔だったが、入隊は明朝九時、三浦岬の連隊に入るのだという。東京の家もそのままになっているから、今からいって、とりあえず見まわり、片づけてくるつもりだという。

お茶を一杯のんでもらっただけですぐ帰られる。引きとめたい気持をだまって見送る。

家に帰って夕食の支度をしようと思ったら、むしょうに天ぷらがたべたくなった。庭にいけてある長ネギ一本を抜いてきて、ネギだけの小さな天ぷら二ケを作ってたべた。

大切な人たちが、次々聖戦という名のもとにかり出されていくのを、ただ見送るしかないもどかしさは、どういったらいいのかわからない。一作さんも二等兵か。


この日記を読み返していると、あの頃には考えてもみなかったことが不思議で仕方ない。夫や息子を戦場に送らなければならない女たちは、国によって生活の保護を受けていたのかどうか、母でも妻でもなかった私はそういうことを考えようともしていなかったが「国からの援助があるから安心」という言葉をきいたことはなかった。

一家の働き手を赤紙一枚で連れていかれるのを見送る女たちの涙は、別れの悲しみのほかに、明日からどうしてくらしたらいいかを考えての、不安と重なっていたのだと今になって気がついた。「家」の制度がうまく機能していたのだろうか。こういうことも、調べてみなければと思っている。

たべるものがなくなってきた

二月後半に入ると、この日記の目的であった筈の、戦時下の日常生活を記録するということをつい忘れて、綱正さんたち新聞社の人の話をきいたり、谷川徹三先生が奥さまに話されたことを奥さまからうかがったりしたことから、そういう時代の中にいる今の自分が何をすべきなのかを考えたりしていることばかり書いている。まるで評論家みたいに、戦争への批判的な感想を書いているのが目立つ。

何かにおびえて、書きたかったことも書かなかった、つい二、三ヶ月前の日記と違

って、書きたいことを長々と書いている。新聞の記事にも、一人で噛《か》みついているようなところがみえる。たとえば、

「最近の新聞は何だろう。『我に天皇道あり』とか『人間には人間の道あり』なんて書いてある。何か抗しがたい相手にものをいっているような気がしてならない」

などと偉そうなことを書いている。でも、すぐそのあとに「ヘチマコロン一びん七十四銭のを買う」とあり、一人笑ってしまった。

【二月十一日　日曜日　紀元節　晴れ】

早朝、青木へ七輪《しちりん》をもらいにゆく（＊青木は私の親類。七輪がこわれてしまったので、もらいにいった。こういうもの売っている店が近所になかった）。帰りの電車の中で中年の男性二人の話が耳に入る。

「むかしは紀元節（＊今の建国記念の日）というと、何か気持ちよかったものですな。今はどうも希望がなくて」

「全く。その通りです」

きくともなくきいていたが、私も本当にそうだといいたくなった。私も、希望がもてないことが一番つらいと思っているのだ。

家に帰ってこの間の教習所の仕事、防諜講演速記の反文。谷川先生の奥さまみえて、私に雨傘を下さる。こわれてしまったのを修理してもらうところがなく困っていたので助かる。

今日は警報一回だけ、これも助かった。

今朝は早く家を出たので朝食は青木で。油をたくさん使ったいりめし。具は野菜をきざんで入れた。

昼は青木でもらってきた練乳をといて片栗粉を入れ、ミルク葛湯みたいなものを作ってのみ、からだをあたためる。

夕食は庭でふきのとうを二つばかり見つけたので、干しわかめの雑炊にふきのとうを散らして、いかの塩辛でたべる。

【二月十二日　月曜日】

今日は午後に教習所へ速記の原稿を届けるつもりだったので、下着も靴下も洗濯したものを身につけて家を出た。この頃、外出するときは、どこで死ぬかもわからないので、とくに仕事先にいくときは気をつけている。勤め先とは違う、知らない人ばかりのところにいくときは一層気をつけている。教習所にいくと、今度国鉄が軍隊のような非常運営体制となることについて、青年たちの気持ちをきく会があるので、記録をとっておく仕事をたのまれた。突然だったが、会社には午後は教習所へいくことを諒承《りょうしょう》してもらっていたので、用紙や鉛筆十本ほどを借りて速記とる。会議の中途で警報が出たが、誰も動く気配もなかったので私も動けなかった。

会のあと、早い夕食をごちそうになった。大豆入りごはんに大豆の煮付けとたくわん。でも豊富。帰宅十時。茶の間で熱いさ湯一杯のんで、今たべたいと思うものをいろいろ思い描く。

一番たべたいのがえびの天ぷら。甘い上生菓子、焼きたてのまだ熱いあんぱん。二十世紀梨、歯にしみるような甘酸っぱいカリカリのリンゴ、生あんず、マスカット、夏みかん、ゆで卵もたべたいな。そう、まぐろの握りずしを、おすし屋さんの大きな湯のみで熱いお茶といっしょに口に入れてみたい。そんなこと考えていたら、おなかがすいてきた。早く寝よう。

こんなことを日記に書くようになったのは、多分、家の中に備蓄していた食糧がなくなってきたことが原因だったと思う。日々の食事が書き残されているのを見ても、たべるものがなくなってきたことがよくわかる。毎日十二分にたべていて、ダイエットに励んでいる現在の日本人は、呑気すぎるといえるかもしれない。食糧自給率の低い日本に、もし地球の異変でもあって食糧を売っている国が、自国の国民をまかなうために精いっぱいで外国には売れない、などということが起こったら、日本人はどうなるのだろう。そんなことを考えこんでしまった。

【二月十四日　水曜日　一日じゅう曇り】

今日は空襲もなく静かな一日だった。明日お風呂をたてるからと、水音のおばさんに知らせに中野へ寄る。「古谷さんからお便りもらったわ」とのこと。たくわんをもらって帰る。ついでに、美穂子宅に寄った。

「ちょうど、ごはんにしようかと思っていたところ。いっしょにたべていかないかな」

といわれたのでたべてきた。旧正月で長雄さんの九州の家にいくので、生ものはみんなたべていかなければならないと、牛肉を焼いて大根おろしでたべた。このところ栄養失調になっていたので何だかからだがあたたかくなった。

でも、九州までいって無事に予定通り東京へ帰れるのかしら。

【二月十七日　土曜日　晴れのち曇り】

早朝から警報。空襲にならないうちに朝ごはんたべておこうと支度していたら空襲警報。別に防空壕に入ることもないかとたべはじめ、大根葉の塩漬けをきざんでごはんにまぶしたところで高射砲の音。地ひびきもすごかった。

外に出てみたら、お隣りの堀内さん、そのお隣りの鈴木さんの奥さんも外に出てきた。さそわれて鈴木さんのお宅にはじめて入った。自家製の飴とおいしいお茶をいただく。

この頃、隣組の人たち、何となく前より助け合う気持ちが濃くなって、よく話し合う。

谷川家に、先生がお留守ときいていたのでちょっとうかがってみたら、奥さま、背中が痛むとやすんでいらっしゃった。びっくりしたが、とくに御不自由はないとのことで安心。空襲警報も解除になったのでおいとまして出勤。

お茶の水までいったところでまた空襲警報。電車は止まってしまったので歩いて出勤。ようやく会社へついたのが十二時近く。女子は誰も出勤していない。誰かが被害にあっていなければいいがと思った。

省線に被害なかったようで、夕方は普通に動いた。何事もなく帰れたので、底冷えのする今夜は早寝する。この日記、寒いので床の中で書いた。


日記を読み、それを書き写したりして当時を思い出しているのだが、今の人がこれを読んでも理解できないところがあるだろうと思う。経験してきた私でさえも、朝の空襲のためか会社へ出てこない人が、どうして電話連絡くらいしなかったのかと、ふっと思ってしまったからだ。

私の家にも、勿論電話はなかった。それにあの頃は、ちょっとしたことでもよく停電になったり電話は不通になったりで、ケイタイで誰とでもすぐ連絡のできる現在から見れば、電話連絡できない生活は昔々のお話であろう。

もちろん、車のある家など特別の人が住んでいる、というのが常識だった。私は電車でどこにでもいっていた。バスもあったが、私にとっては電車が一番便利で、省線と市電を利用していた。

こういう交通機関が空襲の影響で止まってしまうと、歩くことしかなく、タクシーはもう動いていなかったのではないかと思う。はっきりとおぼえていない。そんな時代だったから、会社へ出てこない人に連絡もできなかったのだと気がついて、本当に昔ばなしになってしまったような気がしてきた。

しきりにデマが飛び交う

昭和二十年二月後半になると、空襲も五十機、三十機、四十機と、波状爆撃が行われはじめた。延数《のべ》千機などと伝えられたりしていた。

関東地区への列車は軍関係や公用以外の人は乗車禁止となり、きびしく取り締まりが行われるようになった。鉄道にも被害があったようだが、一般には知らされていなかった。

　隣組の鈴木さんでは、御主人が信州へ家族の疎開の交渉で出向いておられたが、艦載機千機で東京を空襲ときいて、もう家も焼け、家族も死んだかもしれないが、ともかく東京へ戻らなければと、三日分ほどの握りめしを背負って汽車にのり、浅川（＊南多摩郡浅川町。現在は八王子市に編入）あたりまでいければあとは歩いてでも阿佐谷まではいこうと、帰ってこられたのだそうだ。

　正確な情報が得られなくなっていた私たち国民は、よけいな心配をし、よけいな労力を使わされていたのだった。

　出勤しようと家を出たところで鈴木さんの御主人に会ったので、駅までごいっしょに歩きながらきいた話だと書いている。

　また、こんなことも書いてあった。

　空襲のたびに電車が動かなくなり、ほかに乗りものもないので、動き出すまで待つしかない、とある日の新宿駅のホームでのできごとを記している。空襲のあと、一度電車からおろされた乗客がホームいっぱいにあふれて電車が動くのを待っていたとき、女子駅員の声で、「事故のため、電車がおくれましたが、次の電車は四谷《よつや》駅を出ましたので、もう少しお待ち下さい」と、本当にいっしょうけんめいな声でアナウンスしていた。しかし、それがかえって人々のいらいらを増すようで、足踏みをしたりする人も出てきて、けわしい空気がただよった。

やっときた電車にも乗れない人のほうが多かった。乗り替えで降りた人より乗り込んだ人のほうが多いのだが、ホームの乗客は増えるばかりだ。

そのとき、男子駅員の声で、「次の電車は代々木《よよぎ》に着きました。電車は続々とつづいて参りますから安心してお待ち下さい」というアナウンスがきこえた。「続々と」なんてウソにきまっている、と思っている乗客たちがいっせいに笑い出した。その笑い声をききながら、こんなときの、ちょっとしたユーモアのようなものが、どれだけ人の心をなごませるかを教えられた気がした。そして、私もあの女子駅員さんと同じだわ、と心の中でつぶやき、いい勉強をしたと思った、と書いている。

【二月二十八日　水曜日　晴れ】

新宿の能率協会に、会社の仕事のことで打ち合わせのために立ち寄ってから出社。昨日、何度電話しても通じなかった。やはり故障がなおらないのだそうだ。新宿から須田町まで都電に乗った。

神保《じんぼう》町あたりも本屋さんがぐんと少なくなっている。半分、いや、もっと焼けてしまった。キャンドル、マイネクライネ、と、学校に通っていた頃には毎日のようにコーヒーをのみにいった店も、みんな無くなってしまった。電車の窓から学士会館が見えるのだもの、さびしいなあと、ひっそりと言葉に出した。

この頃、デマというのか、このような話がひそかに伝えられている。

・自分の住んでいる土地の隣組で、警報が出たときみんなが町会の集会所に集まったが、そのとき誰かがお豆腐を久しくたべていないので味を忘れそうだといったら、近頃引っ越してきた中将の奥さんという人が、そんなにたべていないのだったら、私共で取り寄せてあげましょうといった。翌日、トラックに積んで、お豆腐がいっぱい届いたという話。

・燃料不足で困っていることを、ある軍人に話したら、電話一本で、軍用としてトラック一台にいっぱい積んだ薪《まき》が届き、代金をきいたらそれだけで五円だったという話。

いずれも軍人の登場と自由になる豊かな物資のこと、トラック一台分、などという共通したところのある話で、（＊このようなデマが飛ぶこと自体、）軍というものに対する国民の信頼がうすれたことのあらわれなのか。

昭和二十年三月

空襲で燃える日本橋付近
（写真提供／毎日新聞社）

◉あの頃の日本　昭和20年３月◉

３月９日の夜から10日にかけて東京は大空襲にみまわれました。23万戸が焼失、12万の死傷者を出し、江東地区は全滅状態となりました。錦糸公園近辺では囚人で組織された挺身隊が死体の埋葬にたずさわるという事態も起こっています。つづいて大阪も空襲され、13万戸が焼失。その後もつづいた空襲で、明治座や中座、歌舞伎座、多くの映画館なども焼けました。大都市からは学童や母子が続々と緊急疎開していきます。閣議は、決戦教育態勢にむけて、国民学校初等科以外の授業を４月から１年間停止にすることを決めました。

春が来ても気持ちは沈む

【三月一日　木曜日　晴れ】

弥生。以前はこの日がくることをどんなに待ったか。春の楽しい行事のはじまりである。でも今はむしろ切ない。何もかもが思うようにはできない。毎日が無事に終わればいいというだけで、本を読んでも読みながらほかのことを考えていたりする。新聞を読むことにも楽しみがない。でも、仕事はしなければならない。

今日は出勤前に教習所へ速記録届けに寄りほっとした。それから、交友社、祖谷印刷へ会社の用事でまわり、昼前に出社。

総務部長が、昨夜は当直で一晩一人で考えたそうで、戦局についての考えを話してくれた。「結局は九州から敵は上陸してくるんではないかと思う。そうすれば、南方や大陸と本土を遮断することができて、敵側には一石二鳥ということになろう」ということだった。

しかし、私は、やはり東京が先であるように思う。人心の動揺ということのほうが重大問題になっているのではないかと考えるから。二二六事件などのようなことが起こるかもしれないという予感がある。

【三月三日　土曜日　曇り】

桃の節句といっても、今年のおひなまつりは楽しくない。今日、はじめて鶯《うぐいす》をきいたと谷川奥さまのお話。

相良《さがら》先生御夫妻（＊相良先生は谷川徹三先生のお友達で、古谷を谷川先生に紹介して下さった方である。そんな関係から私も相良先生のお仕事を手伝ったことがあった）、北京《ペキン》から無事お帰りになったとのこと。会社から帰って、まだ谷川家においでになるかと思って御挨拶にいったが、お帰りになったあとだった。お二人ともお元気だったと奥さまからきいて安心。北京の物価にくらべると、おどろくほど東京はまだ安いといっておられたとか。

三年くらい前だったか、相良先生の本のお手伝いに、何回か先生のお宅にうかがったが、まだあの頃は、国内は平和だったことを思い出す。

早く寝ようと床に入り、綱正さんの小説『彷徨』を読む。

【三月四日　日曜日　雪　休み】

起きるとすぐ警戒警報。朝ごはんを早くたべてしまおうとおかゆにする。庭に出て、ハコベをさがしてきて、鳥の餌ほどにこまかくきざみ、おかゆに散らしてみた。きれいだ。きゅうりの古漬けがあったことを思い出して、これもこまかくきざんだ。

午後、隣組常会。久しぶりという感じで御近所の奥さま方に逢う。みなさん、たべものの話ばかり。配給はほとんど無いのだもの。
それにしても今朝の空襲はものすごかったと話し合う。朝七時半からはじまり、十時半頃までつづいた。近くに落ちたのか爆風のうなりがおそろしかった。家がふらふら動いているようで、思わず洗濯の手をとめてベランダにかけ出した。おさまったかと、たらいのある風呂場にもどったらまた家が動き出し、ベランダと風呂場をいったりきたりを数回。ラジオがよくきこえない気楽さとでもいったらいいのか。皆目わからず、不安といえばこの上なく不安なのだが、直接からだに感じない不安には鈍感なものだと思った。山田さん（＊隣組の方）の男のお子さんが水道橋の学校からの帰りに見たのは、巣鴨、池袋方面が燃えていたとか。お隣りの堀内さんのお話では、谷中《やなか》、本郷・林町あたり一帯が全部燃えたとか。情報はまちまちだ。

この日の日記を読みながら、こんなに近く空襲を感じながら、何だか、のんびりとした感じに自分ながらおかしいと思った。しかし、知らないからの、のどかさだったろうと考えた。

同居生活がはじまった

今、携帯電話を持たずにくらしている私は、身内のものたちからは変わりもの扱いされているが、この原稿を書いていてつくづく思ったのは、あの頃に携帯電話があったら、先を争って私も持ったにちがいない、ということ。

おそろしい空襲に街はどうなっているのか、あの人は無事なのだろうか、などと心配はしても、その情報を手に入れるすべのないいらだちは、不安ばかりを大きくした。一方では、それが災害とか、悲しみとか、苦しみが目の前にくるまではのんびりしていられる理由にもなっていたのだろう。よくきこえないラジオの報道だけが、世間のできごとを知る唯一のものだったのがあの頃だったのだ。

【三月五日　月曜日　曇り】

昨日きいた本郷・林町あたりが丸焼け、千駄木《せんだぎ》あたりにも大きな被害があったような話に、綱正さんのいる会社の寮は無事だったのかしらと心配していたが、朝、出社したら、

「古谷さんからお電話がありました」

と給仕さんにいわれた。やっぱり、と思った。すぐ新聞社に電話したら、綱正さんの隣室に屋根を貫いて爆弾が落ちた由。綱正さんの部屋もガラスが割れて散ったが、隣室の方は亡くなったとのこと。

「人生観が変わった」

と綱正さん。そうだろうなと私にもわかる気がした。机の上のインクびんが、転がったわけでもないし、ふたも閉まっていたのに、少しインクがこぼれていたのが不思議でたまらない、といっていた。幸いに焼けなかったのはいいが、水もガスも電気も使えないので、今日はとにかく阿佐谷にいく、と

のこと。同じ整理部の同僚、大野さんも寮がいっしょなので、二人で古谷の家にしばらく避難するからということだった。

幸いに会社でお酒が買えた。闇のおじさんがきたのでちょうど助かった。危《あや》ういところでいのちの助かったことを、ともかく「よかった」という気持ちのささやかな宴会だと思った。

家に帰ると満州の先生から手紙もきていた。誰彼の名をあげて、元気でいるだろうかとある。東京がなつかしいらしい感じ。だが、そんなことは書けないのだろう。「特技を生かすことが一番よいと正ちゃんに伝えてくれ」と書いてあった。その意味はよくわかったので、綱正さんにも手紙を見せる。

十二時まで三人で話した。今朝、隣室でお経をあげている人がいたという綱正さん、やはり異常に神経がたかぶっているようだ。

床の中で日記書く。昨日のこの近所の爆撃は、西田町、天沼三丁目に被害があったそうだ。あの爆風や音は、それが落ちたときのものだったらしい。

【三月六日　火曜日　雨】

靴底がいたんでしまったし、雨靴は破れたので、今日は仕方ないから家で着ている筒袖《つつそで》の袷《あわせ》にモンペで出勤。ぼろかくしに上に着るものもほしいのでお召めいせんの七分コート。履くものはすり減った高下駄しかないので、そんな姿で家を出る。蛇の目傘をさして。そんな姿をしてみて、日本の高下駄とか蛇の目傘というものが、いかに不安定な、しかし美しくて弱いものかということを感じた。平和なときなら優雅さ、せんさいさと見るのだろうに、空襲下の雨の日の服装としては、何しろ不安定だ。

こんな姿で街を歩いていると、皆が見ているような気がして仕方がない。折目のついたコートなどが自分でも気になるからなのか。同じものでも、きれいに着るという気持ちが、私たちになくなったのかしら。戦争はそういう心まで無くしてしまうのだろうか。

綱正さんたちは今日は夜勤で泊まりだそうだ。朝食は大野さんが奥さんの疎開先から持ち帰ったというお米を出してくれたので、久しぶりに炊きたての白いごはん、かす汁、おろし大根に炒り大豆をまぜたものと大根葉の塩もみ。

昼は都民食堂でうどん二杯、夜は大豆の煮豆とゴマ塩をかけたおかゆ。

【三月七日　水曜日　曇り】

会社の近くにある銭湯が、しばらく休みだったがまた営業するとかで、会社の帰り萬沢さんといってみた。大変な混雑。湯ぶねに入るのも人と触れたままで動けない。でも、熱くてよいかげんなので助かる。久しぶりに銭湯を味わった。

今日、会社へ教習所の東儀さんがみえた。会社の教科書を教習所で追加購入するとのこと。ついでに、私に先日の速記料ももってきてくれた。四十五円。闇の食料買うのに助かる。

綱正さん、大野さん、八時半頃お帰り。社の人たちとエー・ワン（＊エー・ワンは毎日新聞社近くのレストラン）でビールをのんできたそうだ。二人の寮の荷物を運んでこなければならないけれど、運搬をたのむところがない。以前、炭屋さんが学生の引越しを引き受けていたのを思い出して、問いあわせてみたが、途中で空襲にでもなったら「いのちが危ない」と断られた。お金なんかもらっても何も買えないじゃないかという。四月一日からは戒厳令《かいげんれい》がしかれるという。その前に自分たちで運んでこなければならないようだ。今日会社の人から、こんな話をきいた。

知人に造幣廠《ぞうへいしょう》勤務の人がいて、その社宅に住んでいたのだが、今度廠の移転で、それについていくかどうかが大問題になっているという。満州、北《ほく》支《し》（＊中国北部）、朝鮮に分かれて移されるという話なので、ついていくか、あるいは退職して他に働き口をみつけるかということらしい。役所も疎開を考えているのか。

結局、日本の政府が東京以外にも安全な場所にいつでも移れるようにという用意なのだろう。私も最悪の事態について考えておかなければならないのだと、あらためて考えた。

それはそれとして、差しせまった綱正さんたちの荷物運びのこと、どうするのだろう。仕事はいそがしいのだろうが、男の人は呑気なのかな。


私にとって、前ぶれもなく下宿人が二人という生活になったわけだから、あわてていたのかもしれない。何となくいらいらしていたことがわかる。ただ、全くあたりまえのようにそれを受け入れていたのは、毎日、町がこわれていくのを見ていたためだったと思う。焼夷弾で家を焼き尽くされ、途方にくれて防空壕に寝泊まりしながら身の振り方を考えている人もいるのを知っていた。身寄りを頼って訪ねてみても、先方の事情もあり、冷たく扱われて、焼け野原のようになった自分の家のあった場所に戻ってきたという人もいた。

すべてが、今のように平和というか、呑気に日々を送れる時代ではなかった。まして、国に保障してもらうとか、何とかしてほしいと役所に申し出れば、非国民扱いを受けることを知っていたから、耐える以外にない生活だったと思い出す。

私の、突然の共同生活などしあわせなほうで、事実私にとっては、男手があったらと思う空襲の夜中などに味わうおそろしさを救ってくれる力になったわけだった。私が留守を託された家に、託した人の弟がきてくれるのは願ってもないことであったともいえる。当時の阿佐谷はまだ農村風景も見られて、広い田ん圃《たんぼ》もあったし、うちの前は農家だった。有名な大宮神社（＊杉並大宮八幡宮）も散歩道の範囲内で、そのすぐそばに高射砲陣地があった。そのせいで、爆弾が落とされたりもしたのかもしれない。

隣組の人たちも、近くが燃えているときなどは外に出てくるので、何となく集まっていっしょに空を見上げたり、世間話をするが、夜中に何度もの警報がつづくと、家から出てこなくなる。私にしても、眠りこけていることもあるが、つかれて床の中にいることもあり、よく、ここで爆弾が落ちれば一人で死んでいくのだなと考えたりしていた。

とにかく、家を破壊された人たちとの共同生活がすんなりとはじまったのだった。

東京大空襲の日

空襲にさらされた希望のもてない日々の中でも、春めいた陽ざしの道を歩いていて、ふと街路樹の根もとに何やら緑の芽ぶきを見つけると、ああ、春がきている、もう夜中に髪の凍るようなこともなくなる、庭にツル菜や二十日大根の種をまこう、などと明るいのぞみをかけて日曜日にしようと家事の予定を考えたりしていたことが書いてある。いかにも三月の日記だなと思う。

しかし、すぐそのあとに、一貫目四百円で砂糖の闇買いをしたことが記されている。それほど甘いものに飢えていたのかと、自分の一ヶ月百二十円の月給の何倍ものお金を出してでも買いたかったのかと考えてしまった。速記の収入があったからかもしれないが、自分のくらし方からは考えられない支出である。とはいえ、それは平和なときの理屈で、あの頃の私は、そんな常識では生きられなかったのかもしれない。お金を持っていたって、今夜空襲で死ぬかもしれないという気持ちがそうさせたのだろうし、綱正さんの「人生観が変わった」という言葉が私にも強くひびいたのかもしれない。数メートルしか離れていない隣室にいた人が、屋根を貫いて落ちてきた不発弾の直撃を受けて亡くなったという経験は、綱正さんだけではなく、話をきいただけの私にも、人生観を変えさせるほどの影響を与えたといえるかもしれない。

砂糖四百円のほか、しょうゆ一升二十円、と買ったものの値段が記入してあり、四月になると、もっと物価は上がるということを闇屋のおじさんにきいたことも記してある。

【三月八日　木曜日　晴れ】

水道の鉛管が破れて水が噴き出しているのを見つけた。とにかく、破れたところにボロ布をはさんでおいたが、そんなことでは止まらない。ずいぶん水がもっている。綱正さんも力をかしてくれたが、水道局へ行って修理をたのまなければならない。水道局では、老年の職工さん（一度退職した人だという）まで動員しているそうだが、どうも人がいなくて、すぐにはきてもらえないらしい話。きいたわけでもないのに、水道局の窓口の人がいっていた。近頃は、お金持ちの家では職工さんに、だまって百円くらい握らせるそうで、そういう家にはすぐ行くから、普通の家になんかなかなか行かないのだとか。

【三月九日　金曜日　晴れ　風つよし】

今日は朝からひどい風だ。六階の事務所できいている風の音はおそろしい。

一日じゅう折本《おりほん》（＊印刷後の紙をページ順に折ること）や写しの仕事で暮れた。帰ろうとしているところへ工藤さん（＊友達）がひょっこりあらわれた。久しぶりに会ったが、何だかとてもやつれてみえた。話をするにも喫茶店は焼けてしまっているし、立ち話もしていられないので、家までいっしょに帰ってきた。綱正さんたちは夜勤でいないので、泊まっていくかときいたら、そうしたいという。

工藤さんのお父さんお母さんが、お互いに憎み合ってけんかをしているのを見ているのがつらくて、家を出てきたのだそうだ。工藤さんの気のすむまで話をきいていようと思った。

十一時警戒警報、しばらくして空襲警報に変わる。ラジオが敵機は編隊を解いて一機ずつ海上から来襲と告げる。南から北からで、高射砲ははげしい音をたてる。今にも火の粉がとんでくるかと思われるように、天が紅に染まり、外は昼みたいだ。明るい。こんなことははじめてで、いよいよ私も焼け出されるのかと思ったりもした。

あの人、この人の顔が頭に浮かび、どうか無事でいてほしいと思った。

これが三月十日の東京大空襲といわれた、三月九日の夜から十日にかけての忘れ得ない大火になった日であったのだ。

【三月十日　土曜日　晴れて、やはり風がつよい】

工藤さんといっしょに家を出て、駅までいったが省線は運通省急告として不通だという。東海道線は大船から、常磐線は松戸から出るそうだ。

歩くつもりで青梅街道にもどり、都電が動いていたので待って待ってようやく乗り込み、新宿まで出て工藤さんと別れた。道を歩く人が、山手線は動き出したと話しているのを耳にしたので新宿駅に入ろうとしたら、駅は大戸を閉めて、兵隊が人の整理をしていた。パスを持ったものしか入れないということだった。中央線も動いているというので、また待って待って、やっと乗れたが、あちこちで止まる。市ケ谷《いちがや》、飯田橋間の昨夜の焼けたあとを見た。九段のほうはまだ煙っていた。神田駅のホームから見渡すと、上野まで何もなくなってしまったように見える。

　会社はコンクリートの建物なので焼けていないが、どういうわけか、まわりも焼け残っていた。会社の屋上に上って眺めると、須田町から本所《ほんじょ》、深川方面まで、まさに焼け野原だ。省線が線路に止まったまま焼けている。国技館はまだ煙を上げていた。日本橋から京橋方面、八重洲《やえす》通りと、一面に煙っているし、大手町付近はまだ水をかけている。白木屋も焼けた。

　会社では一人行方不明だという。本所、深川、両国あたりは、死人がそのまま道に積み上げられているという。死者はどれだけいるのだろう。損害はどれだけ大きなものだろう。もう、考える気になれなくなった。

　生も死も、今はもう問題にしてはいられない。これが戦争というものなのだと、思ってはみるが、生きていて、何もなくなったら、また新しい力が湧いてくるのだろうか。

　為政者への不信、不満は、すでにそれを通りこしたのではないかと思われる身辺の人の話だ。
谷川先生がお原稿の写しをとっておきたい、とのことで、お原稿預かりに谷川家にうかがった。先生は動いてはいけない由。こんなときに、お困りだと思う。

この三月十日から、ほとんどの人が戦争は勝つなどとは思わなくなったのではないかと、後になって思った。七輪をもらいにいった親類も焼け出されて家も家財も何ひとつなくなった。あの、昼のように明るくなった空の下には、火をのがれて逃げようとしても行き場がなく、家族も離ればなれになってしまい、炎に巻かれて死んでいった人々の、まさに地獄の苦しみがあったのだと、一人で泣いたことを思い出す。

【三月十一日　日曜日】
朝のうちに、谷川先生のお原稿の写しをとっておくつもりで机に向かったら、町会から緊急に隣組長に集まってほしいとの通達。九時、方面館に集まる。

今度の大空襲で罹災《りさい》した人たちを、当面収容する割当てが杉並区には六万人といわれたが、本町会では五百四十人になった。そのなかで一組は十人から十五人を引き受けることになったので、至急常会を開いて各家庭が迎え入れる手筈《てはず》をととのえるように、とのことだった（＊一組は私の属していた隣組）。

一応そのことを隣組の一軒一軒に伝えたが、昼頃になって、ふとんや食器で供出できるものがあれば天理教会まで持ってくるようにとの指示が出された。一ヶ所にまとめてお世話することになったのだという。更に夜に入ったら、今日はこちらの町会にはこないという。

共同炊事や、お風呂をたてる薪を運んだりといろいろ用意していたのに、連絡のとれてない役人の仕事に腹が立つ。

しかし、結局はそれで受け入れ側もほっとしたのかもしれない。家に知らない人を迎え入れれば、台所のことからトイレ、お風呂のことと、いろいろ問題もあると思うから。

三月十日の大空襲は敗戦を国民に考えさせる町の姿をまざまざと見せた。髪も衣類もすすだらけで歩いている人の群れがあちこちに見えた。

商店街は古道具市のように

東日本大震災の起こった日（＊平成二十三年三月十一日）、たまたま外出していた私は、家のことを心配しながらも帰ることができず、友人宅に泊めてもらった。乗りものはバスを除いてすべてが止まってしまった。頼りのバスも車でぎっしりの道を動くことができず、幸いに友人の車にのせてもらっていた私は、窓の外を眺めるだけで何もできなかった。電話も通じなくなっていた。

夜も更けてきたのに、歩いて家に帰るしかない人たちが、途切れることなくつづいている。その風景を見ているうちに、私はあの空襲下の東京で見た風景を思い出した。違うのは、みんなまともな服装で、冷たい風の中を早足で歩いていることだった。

ちょうど季節も同じ三月十日の東京大空襲で、下町いったいが焼け野原になったときのことだった。焼け出された人たちが、私の勤め先の神田須田町のあたりを引きもきらずのろのろと歩く姿があった。煙にまかれてすすだらけの顔や髪、目は赤く腫《は》れていた。ある人は途方にくれたような表情で、半焼けの風呂敷包みを背負い、手にはアルミのやかんをぶらさげていたり、ある人は一升びんに半分ほど米粒の入ったのを大事そうに持っていたり、鍋釜を両手に持ってトボトボ歩く人。帰る家を失い、とにかく親類か知り合いを頼っていってみようとする人たちなのだろうと思われた。あの頃は誰もが持ち歩いていた非常持出し袋とか、防空頭巾さえ身につけていない人も歩いていた。火の中を逃げまどい、どこかで失ってしまったのかもしれない。

品川から友人宅がある渋谷区松濤《しょうとう》まで、車で三時間近くかかってやっと辿りついたとき、平穏な日々のありがたさが身にしみた。

【三月十四日　水曜日　曇り】

今日は社を休んで綱正さんたちの荷物を、大切なものだけでもリュックに入れて持ち出してこようと、大野さんと三人で本郷までゆく。本郷あたりの爆撃のあとを見る。破壊された家々の中から引っ越してゆく人たちの顔にはすでに必勝の信念など見られないし、街で大声で立話をしている人たちは、罹災したときの様子を、気持ちのたかぶりのまま互いに話し合っていた。気持ちは暗くなるばかり。重いリュックをかつぎ、三人とも言葉もなく歩いた。

家に帰ってすぐお風呂をわかした。大野さん、焼け出されて以来のお風呂に入れたと大喜び。男の人二人の入ったお風呂はアカだらけ。一度掃除してからもう一度新しい水を入れてわかす。伯母さま、向坂奥さまもお風呂に入りにみえる約束だったから（＊伯母さまとは古谷の伯父の久綱夫人で、すぐ近くの大きな家に一人住んでいた。向坂奥さまは久綱氏の長女。向坂家は巣鴨に住んでいたが、はげしい空襲のため、阿佐谷へ移るという話だった）。

綱正さんと大野さん、移動申告の手続きをしたら、罹災の証明書もあったので炭やお米をすべて無料でくれたという。なんだか得をしたみたいだと話し、今夜は宴会だと笑い合った。

伯母さまたち帰られたら、ひょっこり水音のおばさんがトリ肉を持ってきてくれた。お風呂がごちそうだと喜んでくれて、夕食はみんなで焼きトリにしようということになった。

炭はもらったし、強制疎開で壊した家の板きれなど持てるだけ背負ってきたので薪も心配ない。私は風呂炊きに専心、おばさんは七輪に炭をおこし、綱正さんたちはリュックの中に大事そうに入れてきたお酒を出してテーブルにコップといっしょに並べていた。

なごやかないっとき、今日は空襲なし。十時就床。日記は床の中で書く。

【三月十六日　金曜日　風つよし】

今日は綱正さんたち、残りの荷物を引き上げてくると、大野さんと二人でリヤカーを借りてきて朝から出かける。私は出勤。

美穂子たち、九州から帰ったとのことで帰りに寄ってみた。すぐ長野へ疎開するそうで、もうすっかり手筈はととのっているとか。いろいろ、おみやげもの貰ってきた。

家では綱正さんたち、もう口もきけないとのびていた。本郷からリヤカーに荷物積んで二人で引っぱってきたのだもの、つかれたろうと思った、が、そのかっこうを見たらこちらまでくたびれてしまい、美穂子のおみやげの干し魚や、うどんを茹でてたべ寝てしまった。

夜中二時、B29数回目標来襲したがすべて東海地区に侵入とラジオできく。それで安心してすぐまた眠った。
自分に振りかかってこないとわかると、こんなにあっさりと不安が消えるのかとあきれた。

この頃になると、隣組でも奥さんたちは、次々と疎開し、家を守って働いている男性たちばかりになるような感じで、結局、若い私が隣組長の任期が終わったらすぐ婦人会の班長という役目を背負うことになった。私もお役に立たなければという気持はあったし、次に隣組長を引き受けられた奥さんがいい方だったので協力いたしますということになった。
一方では、雑用がますます多くなることにいらいらし「心のすさみを感じる」とか「自己嫌悪しきり」という文字が日記の中に出てきていた。

【三月二十一日　水曜日　晴れ】
おひがんの中日。美しく晴れた空を見ていると、切ない程に感じるのは、戦場になる日も近いかもしれない東京へのいとおしさだ。生まれ育った土地であり、それがこんなに荒れてしまったのに、空は澄み切っている。硫黄《いおう》島玉砕《ぎょくさい》、あと一ヶ月くらい後には、東京も空陸連れだっての攻撃となるだろうとの流言しきり。

阿佐谷通りの金森書店も店をしまうという。今日、前を通ったら店の前に本を積み上げ、箪笥、机なども並べて売り物と書いてあった。もう何も執着がない、という感じだった（＊金森書店は古本屋で、古谷もしたしくしていた。本を買ったり売ったりしていた）。

今日は警報が一回出たきり。

男の人二人、社でのんできた由。帰宅十二時。おつかれの様子。

【三月二十二日　木曜日　風つよし】

焼けあとのほこりを巻き上げる強い風に、地上は黄色くなっている。早朝、水音のおばさんくる。娘を連れ帰るのに秋田まで行くため、大事にしている着物を預かってほしいという。風呂敷包み預かる。味噌をもらってありがたかった。

阿佐谷通りが強制疎開になるという。あわただしい空気が流れている。金森書店と同じように、どの店も店の前に道具類を並べて売っている。家具の運搬が不可能になっているのだから、どうにもならず売っているのだ。本屋の前に火鉢が並べてあったり、洋品店の前にザルや一斗缶が並んでいる。まるで古道具市のようだ。お菓子の虎屋などは紅白の水引きまで店先に並べて売り出している。古道具屋では道のまん中まで品物を並べて買い手を待っているが、買う人もいない。私も、川魚屋の前に並んでいる大皿や、エビや小魚の串焼きのタレが入っていた壺を、いいなあと思って見ているが、買ったところで、今夜にでも空襲で焼け出されるかもしれないのだから、とても買う気にはなれない。

名古屋が空襲を受けたという。それだけしかわからない。それも新聞社に入った情報をきかせてもらっただけ。もどかしい。

こんな生活の中で、日記のところどころに「人間の心の不思議」とか、「心の整理」という言葉が見られるようになっているのを、なぜだったのかと考えてみた。悲しみとか、不安とかを忘れようとするのではなく、もうどうなってもいい、という気持ちながら、それがだんだん澄んでいくように感じられていたのだと思う。「透明な心になってきた」という一行も見つけた。自分への救いであったのかもしれない。

昭和二十年四月

昭和20年、強制疎開により、建物が壊された阿佐ヶ谷駅前の風景
（杉並区立郷土博物館蔵）

あの頃の日本　昭和20年4月

4月1日、ついに米軍が沖縄に上陸しました。広島の呉より戦艦大和が沖縄にむけて出撃しましたが、九州南方で米機動部隊による攻撃であえなく撃沈されました。不沈といわれた戦艦の最期は、のちのちまで映画・玩具などの題材となりました。あいつぐ空襲のもとでも芸術活動はつづき、11日、杉村春子主演の森本薫作「女の一生」が初演されました。彼女の演技は評判となり、文学座公演の目玉作品となりました。

無感動になった自分の頬をたたく

昭和二十年も三ヶ月がすぎ、寒かった日々からやっと解放されたものの、空襲で次々に焼き払われていく町を、ただ「あの町も無くなってしまったのか」と思うだけで、どうしようもない私たちだった。見なれた町なみが全く変わった姿になってしまったのを見ても、ただ見ているだけで無感動になってしまった自分に気づき、両手のひらで頬をたたいてみたこともあったと思い出す。

自宅の焼けあとに、焦げた板きれやトタン板を集めて雨をしのぎ、防空壕に寝泊まりする人の姿もあった。まだ住まいを焼かれていないありがたさを思いつつも、それが明日もつづく保証のない毎日は、綱わたりのような気持ちだった。それだけに、季節を告げてくれる草や木に寄せる思いは殊《こと》の外《ほか》つよかった。四月一日の日記は、沈丁花がよくにおう。美しい朝だ。という書き出しになっている。そして、花にはげまされて一日じゅうよく働いたと、珍しく短い日記であった。

【四月二日　月曜日　晴れ】

今日から出勤が早くなったので七時半に家を出る。

会社でも机に向かっている時間よりからだを動かしている時間のほうが多くなり、とくに掃除や紙の運搬だ。疎開の用意ということもある。私も紙一連が持てるようになった。

午後は印刷屋廻りをしたが、どこもたのんでおいた仕事ができていなくてがっかり。でも仕方ないのかもしれない。印刷所の帰り、昨夜投弾されて燃えたという高田馬場のあたりを見にいった。妹と二人で住んでいたアパートは残っていた。

谷川奥さま、夜になってからみえて、私に足袋、じゅばん、下着類など、新しいので使えたら使って、ともってきて下さる。美穂子にもめいせんの反物をいただく。奥さまも疎開のため荷造りにおいそがしそうだ。一日じゅう、よくからだを動かしたり歩いたりしたのでつかれた。九時就寝。

【四月三日　火曜日　晴れ　神武天皇祭（＊神武天皇崩御の日とされる、もと大祭日の一つ）　うららかな一日】

朝六時半、食事前に家を出て中野駅前で水音のおばさんと落ち合い、美穂子宅にいく。和子ちゃんの学校のことで美穂子の知り合いに紹介してもらうため。歩きながらおばさんの話をきくと、秋田に和子ちゃんを預けたものの、秋田でも市内では荷物疎開がはじまっているので、もう母子が離ればなれでいるよりは、いっしょにくらしたほうが、死ぬときにはいっしょのほうがいいということだった。母娘二人だけの家族だもの、そうだろう、わかるわかると思った。

私はおばさんを残して出勤。今日はひまで私は社長にたのまれて銀座まで買い物にいく。ちょうど谷川先生から近藤書店で買ってきてほしいといわれた本も買って帰る。

今日は一日空襲もなくて助かったと思い、夕食はお米を倹約して、小麦粉とそば粉でホットケーキ。会社の人にもらったサッカリンを入れて焼いてみたら、ちょっと甘くて、でも、いがらっぽかった。

平和な一日だと思ったのに、夜中に警報。つづいて空襲警報。この頃は、南方洋上から本土到達の時間がほぼわかるので、その予定時刻が放送されるので助かるなと思う。

空襲警報からしばらく何の物音もなく、いささか気味わるく思っていたが、もう寝ようかと思ったところへ、いきなりポンポンというような音があちこちから。気味わるいこと。

そうか、時限爆弾てこれなのかと気味わるいことおびただしい。空襲警報から三十分くらいたって、爆発したと思う。ついに夜明けまで眠れなかった。

【四月四日　水曜日　雨】

昨夜の空襲は杉並もひどかったけれど、かなりあちこちに被害あった様子。省線不通。ほかの乗りものも止まっていて出勤不能。寝不足でもありぼやっとしてすごす。

夕方、綱正さん新潟出張からお帰り。梨のおみやげに私は飛び上がりたいほどうれしかった。くだものを久しくたべていなかった。たべて、くだもののおいしさに涙が出た。

昨夜、ほとんど眠っていないので早く床に入って、宮崎滔天《みやざきとうてん》の『三十三年の夢』読む。面白い。こういうもの読んでいると、明治という時代にはすばらしい人々がいたことを感じる。滔天のような、自分を省みず、肉親をも省みず、情を断ち切って国を思うという人が、明治の時代にはいたのだ。ほとんど家にもいないで、東奔西走の滔天に仕える妻の思いは、悲しいような美しさだ。

「時限爆弾」という字が、突然日記の中に出てきたが、多分、その頃から落としてもすぐには爆発しないで、みんながほっとした頃に集中して爆発する、そういうものを使った空爆の仕方がはじまったのかもしれない。そんな爆弾のことすっかり忘れていた。

【四月八日　日曜日　曇り】

早く起きて、外まわりの仕事をいそいですませ、綱正さんたちの朝ごはんを用意して町会の役員常会に出席。新任役員の顔合わせ。疎開が増えて町会費が減収になるので、一年か若《も》しくは半年の町会費前納を会員にたのむことが提案された。それについて反対意見も出て、なかなかまとまらなかった。実は私もいらいらしていた。町会費はたいした額ではないし、そんなことで時間ばかりすぎていくのが愚かしいと思っていたら、今度はじめて組長になった福田医院の院長先生が「そんなことは町会できめればいいでしょう」

と、たまりかねたようにいわれた。瞬間に拍手が起こり、みんなの気持ちがわかった。

そんなことからも考えられるのは、現在の私たち国民の気持ちが、いたずらに議論ばかりしたり、誰かの顔色ばかりうかがって逡巡している偉い人たちへの不満がいっぱいなのだということ。私が滔天にひかれるのはそんなことからかと、帰り道で思った。

水音のおばさん、石和《いさわ》と国立《くにたち》に疎開先があると、お客さんの一人からきいたが、どうしようかと相談にくる。どこも畳一枚分十円の家賃だそうだが、家賃は払えるとしても薪の供出の義務などもあるというので、それができるかどうかもわからないので迷っているそうだ。私には一層わからない。おばさんがどれだけお金をもっているのかも知らないし、石和や国立に移ったからといって安全が保証されるわけでもないし。でも、おばさんにそんな返事をしたら、なおさらおばさんは悩むに違いないと思ったが、最後の決定はおばさんしかできないのだから、参考までにと私の思っていることを話した。

今度の内閣は小磯内閣が疎開政策を急ぎすぎたと批判しているとか。綱正さんや大野さんの話で知ったが、そんな批判より、国民はどっちへいけばいいのかを示してほしい。罹災者の生活問題も放りっぱなし、政府の無責任さには腹立たしいこと多し。


日記にこんな政府への不満を露骨に書きはじめたのは、新聞記者二人を通して新聞の紙面には出ない情報に接するようになったせいで、私にも少しずつ批判精神が高まってきたのだったと思う。

綱正さんたちだけでなく、二人の上司や他の同僚の方たちも、マージャンをするので家に集まるようになり、徹夜になることもありで、私はときどきお茶など出してあげるだけだったが、台所のすぐ隣りの茶の間でマージャンをしているので、台所にいると話し声はよくきこえる。みなさんも外で気楽にできない話でも、マージャンをするお仲間の間では口にするし、真面目な戦争批判もしあっていた。私は貴重な勉強をさせてもらっていた。今思えば何ともいい環境にいたといえるのではなかろうか。

見なれた風景が日々焼け野原に

昭和二十年四月なかばの日記は、読み返してみると、私的な鬱憤《うっぷん》ばかり多く、親類の家のもめごとに巻き込まれたり、友人の引っ越しに手を貸したために、貸し主と借り主の両方から苦情をきかされ、よけいなことをしなければよかったと、自分のおろかさを日記に書くことで、いやな気持ちをしずめていたようだ。

そのときは重大な関心事であったであろうに、今は全く記憶にない。個人的なごたごたは、時がたてばそうして忘れていくものなのだろう。私の記憶にある当時の住まい事情は、持ち家でも今夜焼かれてしまうかもしれないし、いのち長らえるには安全なところに移るしかない、でも、家がもし残れば、いつか帰ってこられる。今は買い手もない家だが、誰か借り手があれば収入にもなるからと、いい借り手をさがしている人も多かった。焼け出されて親類などに身を寄せている人たちは、家族だけの住まいがほしいので、すぐにでも借りたいという、そのお互いの間で、話はまとまっても条件の点でうまく合わないことがあるのだった。紹介者には両方から文句がくる。

親類のもめごとも、友人の引っ越しさわぎも、ともに家を焼かれたために起こったことなので、みんなの気持ちが理解できるために、どうしてこんな争いごとになるのだろうといらいらしていたことが書きつらねてあり、それが戦争に巻きこまれていた私たちの姿であったと思った。しかしそれはここには残したくない。

【四月十日　火曜日　雨】

いやな一日だった。

今日から会社では規律を守るための朝礼をはじめた。いつもより早く出社。いきなりこういう形式的なことをしても、電車が動かなかったりしたら、出てこられないのに、と思うが、総務部長がきめたことだから、できるかぎりで従うしかない。祖谷印刷へいって仕事の進行状態をたしかめてくるようにとのことで外出。新宿駅でおりたので、先日からいかなければと思っていた教習所の速記料を駅で支払ってもらう。三十円。

今日は東京に空襲なく静かな一日だった。

【四月十二日　木曜日　晴れ】

出勤の途中、角の交番で顔なじみのおまわりさんに会ったら、空襲情報が入っているというので家に引き返した。しばらくラジオをきいていたが、一機だけというのでまた出かけたが、新宿駅で空襲警報になる。何とか神田駅まできたら空襲警報だから待避するようにとのこと。会社はすぐそこだからと走っていき、社についたらみんな待避していた。

午後は静かで、あたたかい日である。

夕方、帰宅すると家中ほこりっぽくて、廊下を歩くとザラザラとしたいやな感触。手ぬぐいをかぶり、掃除にかかる。

綱正さんも今日は明るいうちに帰宅。珍しく庭下駄をはいて花なんか見ている。何かほっとする風景だった。私もつられて、掃除のすんだ茶の間のテーブルに、雪柳とゆすら梅など切ってジョッキに入れておいた。

庭の花がいっぺんに咲き出し、どれも見てやらないと気の毒だと思っていたところだった。つつじも蕾《つぼみ》がふくらんで、もうすぐに咲きそう。

大野さんも早めに帰れたと、二人で大事なウイスキーをのんでごきげん。私も久しぶりにトリ肉を買ったのでカレーライスにした。

食後に紅茶をいれ、こんなぜいたくして、今夜の空襲で死んだなんてことになるのかしら。この頃、すぐそんなことを思う。

【四月十三日　金曜日　晴れ】

明日、会社で臨時賞与を出すということになったので、貯金局に振替貯金をとりにいく。何だか、手つづきが面倒で、一日がかりになってしまった。

待っている間に「ルーズベルト急死」というニュースが流れ、戦争が終われ
ばいいなと思う。

大金を持って、緊張して社に帰りほっとした。今日一日、空襲なくてほんとうによかったと思っていたが、夜十一時頃から空襲がはじまった。

庭に出て、空が赤くなっている方向をたしかめると、阿佐谷から見て東、東北にかけて火の手があがっている。一ヶ月前の大空襲が思い出された。三時間ほど、次々と単機、あるいは小数機ずつ、くりかえす爆撃で、だんだん近く火が見えてきた。高円寺あたりが燃えだしたと、誰かが外で大声をあげていた。阿佐谷も駅の北口の方向が赤くなった。綱正さんたちがいるので心強いが、もし一人だったら、落ち着いてはいられないだろうなと思った。本が惜しい。焼かれたくない。

この日の空襲はしつこく、東京は広範囲に及ぶ火災になった。長時間のくりかえし

爆撃という作戦がはじまったのだろうか。神経作戦という言葉をきくようになっていたが、何ともいやな空襲だと思った。私たちは、まだ住むところを残されたが、この日、私の親類やしたしかった人の家も焼け、いのちを失った人もいて、あとからそれを知り、あの、次々に赤くなっていった空の下で、いのちを失ったり、家を焼かれたしたしい人たちに、もうしわけない気持ちになったことを思い出す。

【四月十四日　土曜日　晴れ】

省線不通、都電は満員で乗れない。綱正さんたちと永福町まで歩いて帝都線で渋谷までいき、私は地下鉄で神田へ出て出社。

会社でも昨夜の話で仕事が手につかない。出社していない社員もいる。昨夜の空襲では東京の西北いったいがいかれた様子、宮城《きゅうじょう》（＊皇居）、大宮御所、明治神宮などにも火災が起きて、神宮は本殿が焼け落ちたそうだ。十六万戸の焼失とラジオは伝えていた。近くに見えた火は高円寺と阿佐谷間の線路に近いところが焼かれたのだった。大久保・新宿間、新宿・四谷間、四谷・麹町間、電車の窓から見なれていたあたりが燃えたのが昨夜の赤い夜空を作っていたのだ。王子、板橋、荒川にかけても丸焼けだという。綱正さんたちのいた寮も、今度は焼失したそうだ。

「いかれる」とか「いかれた」という言葉、綱正さん方がよく口にするので、新聞記者用語なのかな、と思っていたが、ちょっと使ってみた。

一日じゅう仕事もしないで帰ってきた。

【四月十五日　日曜日　晴れ】

午前中、町会の婦人会組長常会に出る。

谷川先生の生活学院が一昨夜焼けたという。また、伯母さまのところは千坪の敷地ときいているが、阿佐谷五丁目の避難者がたくさん入ってきたとのこと。全然知らずにいたが、午後、伯母さまがみえてそれをきいた。もくれん、ぼけ、水仙と、初掘りをしたという筍を持ってきて下さる。

紅茶をいれておもてなしする。日曜日なので、綱正さんが家にいると思って訪ねてこられたのかもしれない。いろいろと日常のこと話されながら、少し涙ぐんでおられたので、綱正さんが帰ってから話した。

「ぼくも兄さまも、伯母さまには親切にしてあげるようにとパパからいわれているんだけど、つい、訪ねてあげることもなくて」といっていた。伯母さまもきっと心細くなっておられるのだろうと思った。


私自身の心のもやもやを抜きにして、書き残しておきたいことだけを取り出したつもりだが、考えてみると、国に保証を求めるなどということを全く知らなかった時代の、私たちに降りかかった大迷惑に、みんながいらいらとしていたのだ。

世相を利用してお金儲けをする人たち

自分の生まれ育った東京という街が、毎日こわされていくのを見ながら、どうすることもできないのだという無力感といらだちに、とかく沈みがちな気持ちになっていたあの頃、ひとつの救いは、ちょうど花の季節、緑がどんどん増えていく季節であったこと。青梅街道にも、両側の歩道のところどころに防空壕が掘られていたが、上に盛り上げられたわずかの土にも、ハコベが生えて白い花を咲かせているのを見たりすると、しゃがみこんで「コンニチワ」と声をかけたりもした。いのちのいとおしさ、とでもいったらいいのか、何かがこみあげてきて、素通りできない気持ちになるのだった。

住宅街は、どこのお宅も、花を作る場所があれば菜っぱやカボチャを作っていたから、花といえば木に咲く花、地面は緑、今と違って垣根も四つ目垣や生け垣、明日はこの風景もこわされるのかもしれないが、今日は私にいのちを感じさせてくれる風景なのだと見ていた。

【四月十六日　月曜日】

会社から特別賞与として百五十円もらった。これで家賃三ヶ月分を前払いしておくつもり。

綱正さんから百三十円、大野さんから五十円を、生活費として月はじめにもらったのと、私の月給百二十円、教習所からの速記料三十円、これが今月の収入のすべてになると思うが、闇食料品の高さはおどろくばかりに値上がりをつづけている。でも、闇で買わなければ飢え死にしそうだ。

会社へくる闇のおじさんにたのんだ牛肉は百匁六十円。菜種油一升二百円だという。すごい。お米やメリケン粉も買いたいけれど、持っているお金で足りるかな。郵便局でおろしておこう。

今朝、というより昨夜の十二時すぎ、空襲警報が出たけれど、あんまり眠くて雨戸もあけたまま眠ってしまった。夜中、何かの音で目がさめた。モンペのまま寝てしまったので、飛び起きて茶の間にいったら、綱正さんが戸を閉めていた。まだ警報解除にはなっていないが、そろそろ終わりだろうという言葉に「すみません、眠ってしまいました」と私。

昼間、ちょっと気が向いて、非常食用にビスケットを焼いておいたので、少しバターをつけてお茶をいれた。

「非常食というのもいいものだな、ちょうど何かたべたいと思ったところだった」

と綱正さん。今、焼けている家を見つめている人もいるかもしれない、などと話した。

【四月十七日　火曜日　晴れ】

省線はものすごい混雑がつづいているとのこと。私の出勤時間の電車もそうだった。窓から見た高円寺あたりから大久保までの焼けあと、はじめて見た。会社の人も二人が焼け出された。小石川まで社長の用事でお使いにいったが、好きだったたれんがの建物もなくなっていたし、麹町、飯田町、三崎町、どこも焼けていた。

そのほか、新聞では池袋、大塚、豊島《としま》、王子、荒川など、焼け野原になったと伝えている。それと、十五日夜の空襲で、川崎は町がほとんど無くなったとも書いてある。

【四月十八日　水曜日　晴れ】

日の出ないうちから警報、二回。この頃はラジオで何機と伝えても、あまり関心をもたなくなった。会社は臨時の休み。今日は綱正さんも休みだというので、非常持ち出し用品の整理をしようということになった。茶箱、かめ、火鉢などに食料品、衣類、石けんなど防空壕をもうひとつ掘っていれておくことを相談。綱正さんは穴掘り、私は荷物の整理や油紙で包んだりしながら、汗びっしょりの綱正さんのためにお風呂をわかした。伯母さまもお風呂におさそいするため一走り。

伯母さま、木の芽をもってきて下さる。高い春の香り。ひとりしずか数本もいただいたので、コップに入れて食卓に。

今夜は空襲がありそうな気がしたが、静かなのでお風呂の追い焚《だ》きをしてゆっくり入る。綱正さんに頼まれているニッカの靴下のつくろいと靴下止めを作る。

床に入ってから、しばらく宇野浩二の『文学の三十年』を読む。

綱正さんのこと、今まであまりよく知らなかったが、この本は綱正さんにすすめられたもの。すすめてくれた本を読みながら、ああ、こういう本が好きな人なのだと、少しずつわかってきた感じ。

この時期の日記には、デマがまことしやかに流されて、たとえば沖縄の敵が無条件降伏を申し出てきたとか、不思議な風が吹いて敵機が日本に入れないので、空襲も無くなるだろうとか。綱正さんに、なぜこんなデマが流れるのだろうかときいてみたら、特殊な株式などの値をつり上げるために、変なデマを流す者がいるという話をきいているとか。なるほど、と思ったが、こんな時期でもお金儲けを考える人は目のつけどころが違うのだと感心したことが、私の日記にも出てきた。

【四月二十日　金曜日　曇り】

以前、古谷家にもよく珍しい本をすすめにきたMさんが、突然私を訪ねてみえた。今は静岡に本拠を置いているが、自分の仕事を手伝ってもらえないかという話にびっくり。

Mさんの話によると、今、東京在住の学者や文筆業の人など、多量の本を売って疎開するので、それを安く買って、トラックで静岡の安全な場所に運んでおく。運ぶのは軍関係に手づるがあるのでトラックが出せる。それを地方で売ってもよし、貸し本もする。貸本は買った値段の二倍の保証金をとっておく。借りる人は、今は手に入りにくい本だと、多くは返しにこないので、大変な儲けになるので、自分の手元にある在庫のリスト作りを手伝ってくれないかという話だった。

ていねいにお断りして帰ってもらったが、正直なところ、とてもいやな気持ちになった。不当なこととはいえないのだろうが、人の足もとを見てお金儲けをする手伝いに、これ以上いそがしい思いをするのもいやだ。でも、お金儲けの上手な人の頭の使い方って、すごいものだなと感心。

そういえば、Mさんがもうひとつ仕事をしていることを話していたので書いておく。それは空襲で罹災して東京から引き揚げてきたが、静岡で仕事もないという人がたくさんいるので、農作業や炭焼きをさせて、できたものを軍納しているのだとのこと。今は輸送力を持っているものが一番強い。自分の住んでいるところでも、馬力屋が一番いいラジオを持っているという話には笑ってしまった。軍のトラックが使える自慢話だった。仕事師、という言葉が頭に浮かんだが、だまっていた。

【四月二十三日　月曜日　晴れ】

日曜の翌日は、出勤がつらい。花も終わったし夏のことが心配になる。六月には大召集がある由。綱正さんや大野さんも召集されるかもしれない。みんな出ていっても、私はしっかり留守をまもらなければならない。

谷川先生、ようやく起きられるようになられたので安心する。空襲のときは、いつも心配だった。

九州は大空襲があった由。東京は、もう爆撃するところもない焼け野原だろうが、それでも、官庁なんかにもっと爆弾が落とされるかもしれない。

大野さん、伊予のお宅にいっていたのだが、伊予柑、じゃこなどおみやげをもって帰られた。綱正さん、卵とトリ肉持って帰る。私は料理に大いそがし。でも久しぶりにおいしい夕食でうれしかった。

ほんのいっときでも、たべものが豊かな食卓でおしゃべりをする、人間らしい時間が大切に思われた時期だったと思い出す。

闇買いで家計はめちゃくちゃ

敗戦まで四ヶ月弱、というこの頃の日記を読んで感じるのは、闇値で高額ではあるが食料品が案外に出回ってきたということ。日記の中にも書くがバターなんかが手に入るという、珍しいことが書いてある。それを買わなければ飢えてしまうという恐怖で、貯金なんかおろしてしまってもいいと、買えるものはどんどん買う気になっていたのがわかる。

【四月二十六日　木曜日　晴れ】

今日は会社へ庭の花を持っていった。花蘇芳《はなすおう》とどうだんを折っていったのだが、すれ違う人がみんな見る。花を持って町を歩いているなんて珍しいのだろうか。そういえば町には色彩がない。赤紫の蘇芳の色は美しい。

今日は闇屋のおじさんが高尾山から買ってきたという肉を分けてもらう。ついでに、ネギやゴボウも。珍しくお抹茶が買えた。

前に頼んでおいたバター、トリ一羽も持ってきたといわれたが、今日はお金の持ち合わせがないのでどうしようかと相談したら、次にきたときにと貸してくれた。空襲で死んでしまったら払えないけど、といったら、そのときはあきらめるさ、と、あのおじさん笑っていた。

何しろ、経済的にはめちゃめちゃな生活だ。バター一ポンド六十五円、トリ一羽百円。この頃タバコで物々交換するのが常識で「ひかり」十本入りは十五円だそうだ。闇の買い出しにいくのでも「ひかり」を持っていってお米と交換してくれというと、農家でも快く、「ひかり」二ケでお米一升と卵二ケ、野菜少しくらいと取りかえてくれるという。たばこはいろいろなものに取りかえやすく、荷物にもならなくていいそうだ。

なんだか、物は割合に出まわっているようで、梅雨どきをひかえてストックを出してしまおうというのだろうか。焼けてしまえばモトも子もないというので売りに出る、というのかしら。

昨夜は綱正さんの社の上司の大西さんと東さんみえて徹夜マージャン。私は失礼して寝てしまったが、今朝大西さんだけ出勤とかで顔も洗わず、自転車できているから大丈夫だと帰られる。ほかの人はまだ寝ていたが私も出勤。ごはんと漬物だけ用意しておいたが、帰って台所を見たら、お茶わんが洗ってあった。空襲警報は昼間一回だけだった。

【四月二十七日　金曜日　晴れ】

出勤してすぐ、教科書用紙引き取りの手筈をととのえてもらうため、能率協会に交渉にいってくるようにといわれて新宿へいく。

新宿通りの露店で下駄の鼻緒を買う。きれいな色に吸い寄せられて露店の前に立ったが、色のきれいなのは人絹《じんけん》（＊人造の絹糸。レーヨン）のペラペラで一足六円。全くびっくりしてしまう。もっと丈夫そうな安いのを買う。閉めている店の前に人が並んでいたので私も並んだ。前の人に「何を売るんでしょう」ときいたら「さあ、私もわからないけど、とにかく何か買えるかと思って」とのこと。私も同じ気持ちだった。売り出したのは干しリンゴ。うすく切って干したリンゴだけれど茶色くなっている。それでも、洗って水にもどして、少し甘味料でも入れて煮たらおいしそうだ。一握りくらいで五円。

教習所の速記料七十五円、新宿駅でもらって帰る。今日も綱正さんたちはマージャンだそうだ。大西さんと、はじめてのお客さんは成迫さん、新聞社の方で、飛行機であちこちにいっている人だとのこと。上海から帰ったばかりとかで、おみやげの肉や卵や砂糖。サラダ油なんて久し振りに見たが、たべようという。わあ、うれしい、と私はたちまち元気になって、庭のニラをとってきて肉と卵とニラのいためもの、白いごはんを炊いた。おつゆは「むら雲汁」に木の芽を摘んで浮かした。とっておきの奈良漬けも添えたらみんな大喜び。

今日は警報もなく平和でたのしい日だった。

満州の先生（＊古谷綱武氏）から便り。「元気。正ちゃんが住んでくれているので安心」とのみ。

季節は春から初夏に移ろうとしているとき。青葉の中につつじが咲き、ぐみが青い実をつけているなどと、空襲がなければいつもの年と同じ晩春の風景を、今年は特別に美しく感じると書いているのは、その日のうちにも、焼き払われてしまうかもしれないと思っていたからだった。四月の終りの日の日記。

【四月三十日　月曜日　晴れ】

午前中戦爆連合（＊戦闘機と爆撃機のこと）で二百機来襲、立川と浜松に入ったとの放送。この頃は大空襲も一機の警報も、何も感じないようなみんなの顔である。

お昼すぎ、はじめて目黒のお不動さんを見る。すぐ隣りの本山重役さんの家を訪ねたためだ。何だかたべものが入ったので、会社の人にごちそうしてくれるそうで、私が調理係にさせられた。何があるのか見せてもらって、明日また出かけるということにした。

今年も四ケ月がすぎた。日々生きていることが不思議に思われる。どんな中でも、たとえ明日はないとしても、今を明るく生きよう。自分の周囲を明るくしていきたい。

そうだ、今日は月末の家計の決算をしておかなければと思いながら家に帰ったら、鈴木さんの御主人がみえた（＊一軒おいたお隣りさん）。マヨネーズの作り方を教えてくれないかとのこと。奥さまは疎開しているのでお困りなのだろうと鈴木家にいったら、大宴会がはじまるところで、男の人ばかり肉を切ったりじゃがいもを洗ったりしている。鈴木さんはどこかの会社の偉い人だときいていたが、みんなが「部長」と呼んでいた。

みんなの手つきを見ていて、つい笑ってしまったが、ちょっと手伝ってあげたら、鈴木さんに、いっしょにたべていってくれといわれ、今日は綱正さんたちも当直で夕飯のしたくはしないでいいからと思い甘えることにした。ステーキやじゃがいもサラダ、デザートはむかしたべたプルーンやパイナップルの缶詰。忘れていた味だった。それに玉子パン。なんてなつかしい味だろう。

すっかりごちそうになって、でも、いやしかったかな、はじめての人たちといっしょになってたべてしまってと反省。みなさん、酔っぱらってきたところで失礼してきた。でも鈴木さんは、お世話になったと感謝の言葉で見送って下さった。

誰もが、運命共同体みたいな気持ちで生きていたのだと、今は思う。隣組長なんかしていたから、鈴木さんも気軽にマヨネーズの作り方をききにきたり、私もまた見知らぬ男性ばかりの中で、料理をしていっしょにたべるという、ふだんならちょっと気持ちが引くはずのところをこだわりなくやってしまう。それも、今だけでも楽しみたいという思いを、みんながもっていたためだろう。

もう、戦争に勝つまではと、心をひきしめるより、とにかく、生きている今を楽しまなければという、希望なんて誰ももてなくなっていた時期だった。

やがて五月に入ると、「第二次欧州大戦終幕」が伝えられるらしいと、新聞社の人たちがマージャンをしながら話しているのを私はきいていたので、日本はどうなるのだろうかと考えていた。

五月九日には、「第二次欧洲大戰茲《ここ》に終幕、獨全軍無條件降伏、米英ソ佛聯合軍と調印了す」と各新聞紙上に一斉に発表された。

日本はまだ、撃ちてし止まんと、国民の戦意高揚にやっきとなっていたのだが、すでに戦後のことを考えて動いている人もいたのかもしれない。

日本は神国《しんこく》だから、戦争には絶対に負けることはない。危険になれば神風が吹いて敵を追い払うと、私たちは子どもの頃に学校で教えられたが、つらい日が近くくる予感がしていた。

昭和二十年五月

第二次欧洲大戦茲に終幕
獨全軍無條件降伏
聯合軍と調印す
苛酷な條件も受諾
チャーチル公式声明

吉沢さんの日記に貼られている「獨全軍無條件降伏」が
報じられた新聞記事

◉あの頃の日本　昭和20年５月◉

４月末にヒトラーの自殺があり、日本の同盟国であるドイツ軍は７日、連合国への無条件降伏文書に署名しました。しかし日本政府は、戦争遂行の決意は変わらず、と声明するのです。全学校・職場に学徒隊を結成する戦時教育令を公布したり、重要産業要員を指定し職場を死守するよう求めたり、国民に犠牲を強いる方向に変わりはありませんでした。

都民も穴居生活になるのかしら

五月はじめの頃は、私の日記に空襲のことはほとんど書いてない。東京は案外のんびりしていられたのだろう。相変わらずたべものの値段や、手に入った材料で何を作ってたべたかといったことが多く書き並べてある。どこまで闇買いがつづくのかと、お金の心配もよく出てくる。

そんな中で、見たもの、きいたことから考えた自分の思いが書かれているのは、東の間の平穏な日々があったためかと思う。

【五月一日　火曜日　曇り、風つよし　メーデー】

メーデーだけれど、誰もそんなこと思い出してはいけないという顔をしている。

社へ出たら、一番の仕事として保険会社にいってくれと総務部長からいわれた。電話が通じないし、どうなっているのか見てくるようにとのことだったが、電話のことは調査中とのこと。できるだけ早く総務へ連絡してくれるようにいってきた。

大きな会社なのに、どういうことなのか私にはわからない。

芝から新橋への焼けあとを歩いていたら、全身泥だかすすだかわからないが、まっくろによごれた男の人が一人で穴を掘っていた。壕でも掘って住むつもりなのだろうか。そのうち、都民も穴居生活になるのかしらと考えた。

それに関連して、この頃の引越し風景のことが頭に浮かんだ。みんな自分のからだでものを運んでいる。いつか庭で蟻がたべものを巣に運ぶ列を見ていたことがあったが、大きな荷物を頭の上にいただくようにして運ぶ蟻の行列を思い出したのだ。荷物をかかえて、穴を出たり入ったりする自分の姿を想像した。悲しいけど笑ってしまった。

昨日のうちにできなかった四月の会計整理。綱正さんから生活費をもらっているので、新聞社で手に入ったものを分けてもらう代金は差し引いてくれるようにと話したら、それは心配しないでいいとのこと。金額だけ教えてもらって、記録しておくことにする。今月は四百五円の出費。

【五月三日　木曜日　晴れ】

空襲がなかったので庭に出ない日が三日ほどつづいていたが、晴れた空につられて庭下駄をはいて出てみたら、草が茂っているのにおどろいた。数日の間に、こんなに緑が多くなっていたのかと、すごいほどの生命力を感じた。飢えや爆弾での人の死と向き合っているせいか、植物のいのちの力に圧倒されるのだ。庭じゅうの木や草をながめながら、この季節を「緑したたる」とあらわす日本語、すてきだと思う。

夕方、いつもより早く家に帰れたのは、井上社長のお宅にお使いをたのまれたため。みなさんお留守で、社長の弟さんの昇三さんがいらして、帰りに筍一本いただいた。家に帰ったら、谷川先生のところからと、隣組の鈴木さんからもいただいた。早速、お釜に糠といっしょに筍を入れ、薪をくべて茹でた。

綱正さんと大野さん、二人のお客を連れて帰る。一人は成迫さん。九州から帰ってきたばかりだそうで、おみやげの大きな肉のかたまりにびっくり。綱正さんは社でネギが買えたとかで、お豆腐もしらたきもないスキヤキ。筍があるから、うすく切れない肉といためものも作る。徹夜のマージャンだから、明日の朝ごはんのおかず用にと少し残して甘辛く煮ておく。もう一人のお客石井さんからは白米をもらったので、真っ白なごはんを炊く。今日は筍日和だ。

みなさん、家族を疎開させているのだもの。さびしいにちがいない。私はマージャンを好きではないが、一人でいるより心強い。

私は早く床に入る。

【五月五日　土曜日　晴れ】

今日は会社の宴会の日、目黒の本山邸へ早くから行く。二十人前の食事の世話だから大変。疎開やもめの大きなお宅で、何がどこにあるかもわからないというので、みんな持参である。昨日、食器やお鍋などは洗ってたしかめておいたので、会社の萬沢さんと二人で料理作りをし、お酒の世話は男の人たちで。

豚肉があったのでトンカツを作りたいと思ったがパン粉がない。家から小麦粉を持参していたので、天ぷらの衣みたいなものを作って揚げた。でも、卵を余分に入れたら、まあ、そこそこの味で、一枚ずつは無理な量だったから切り分けてお皿に盛った。焼魚はニシンと塩鮭。うどの酢みそ、ふきの煮つけ、きんぴらごぼう。田芹《たぜり》のゴマ和え。持ち寄った野菜の残りを集めて、鮭の頭とカマを入れ、酒糟を入れて味噌味のゴッタ汁を大きな鍋いっぱい作った。たべる頃には、もうくたびれて眠くなったが、こんなに数多いごちそうをたべないわけにはいかないじゃないのと、いっしょうけんめい作ったものを味わった。

でも、お料理しているときは楽しい。

あと片づけは男性たちがやってくれることになっていたので早く帰ってきた。綱正さん、大野さん、今日当直。すぐ寝てしまった。空襲もなく、平和な一日。

【五月九日　水曜日　晴れ、そしてのち雨】

五月なかばというのに、まだうすら寒く、日光では雪が降ったとか。変な気候だ。朝は晴れていたのに午後は雨になる。

仕事はないのに時間まで会社にいなければならないなんて、考えてみるとおかしいけれど、おつとめとはそういうことなのかと、居眠りしながら会社にいる自分が滑稽に思えた。つかれているのか、眠い。

家に帰ったら、綱正さんおなかをこわしたそうで寝ている。マージャンづかれだ、とすぐ思った。白米のおかゆ作って梅干し。私もおつきあいで、おかゆ。おいしい。

今日は各新聞いっせいに大ニュースとして「獨全軍無條件降伏」を発表。新聞記者のみなさんから、何となく聞いていたことなのでおどろきはなく、むしろ私の気持ちは明るくなった。日本はこれからどうしていくのだろうか。ソ連と手を結んでいくのだろうか。私にはわからないことだが、偉大な外交官がいてくれたらと思う。この新聞記事は日記に貼っておこう。

マージャン仲間の成迫さん。借りていた家が強制疎開とかで、大きなトランク持ってみえ、しばらくお世話になると思うがよろしくとのこと。綱正さんたち三人で八畳の部屋にということになる。綱正さんからもたのまれる。

二人も三人も同じだし、成迫さんはいつも飛行機であちこちへいっているので、何ということもない。承知。明日のことはわからないのだから助け合ってすごすしかない。

成りゆきまかせのような毎日が、無事にすぎればほっとして、今日も平和でありがとうと、何かに感謝して眠る。そんな日々だったと思い出す。

お隣りさんが売った家に、浅草でおそば屋さんをしていたという一家が引っ越してきた。越後屋さんという店だそうだが、焼け出されたので家を探していたのだそうだ（今も浅草には越後屋さんというそば屋さんがあるが、当時お隣りに越してきた方の御縁つづきの人かしらと、浅草にいくたびに思い出す）。その新しいお隣りさんから、植木を切る鋏《はさみ》の音がするので庭に出てみたら、植木屋さんや建具屋さんが入っていて、家の内外を手入れしていた。私はびっくりして、家に入って考えた。

あの頃は、東京で家を買うなどというのは珍しいことで、まして植木の手入れや建具の取り替えまでするのは、とても考えられない時代だった。本当に、今夜にもいのちさえ焼かれてしまうかもわからなかったのだから。

新しいお隣りさんは、たとえ半日でも、ここがわが家となれば、生きている間は、美しく住もうと思っているのかもしれない。日本人の美意識なのだろうかと考えたことなど書いてあるが、そのお隣りさんは敗戦まで無事だった。

歯みがき粉のにおいがするビスケット

東日本大震災があってから、東京にもあまり度々地震があるせいか、このところ、地震があっても、あわてて動こうとしない自分に気がついている。さて、この震度はどのくらいなのかしらと、腰もあげずにテレビをつけてみたりする。

この日記を読み返していると、あの頃の空襲に対する反応が、日々に鈍感になっていくのがわかり、恐怖もあまりくりかえされるうちに反応が鈍ってくるものらしいと考えた。あるいは、助かろうとする気持ちよりも、どうにでもなれという気持ちが強くなるのだろうか。

東京に直下型大地震が起きても「想定外」のことではないといわれている今、私は外出のたびに、今日帰っても家がなくなっているかもしれないと思ったり、乗りものの中では、ここで大地震にあったら、ボコボコと地下を掘ってある東京だから、どこかに埋まってしまうかもしれないな、などと考えていたりする。

昭和二十年の五月なかば頃、食糧の配給はほとんどなくなってきたと思う状態が記されている。私たちはまるで寮生活みたいだった。お互いに助け合ってくらしていたが、私は寮のおばさんのように、みんなの食事の世話をして、綱正さんが決めてくれたみんなからの生活費をもらって、闇屋のおじさんから買う食料品や、男の人たちが手に入れてきてくれるもので、何とかひもじい思いはしないでいたが、調味料がなくなって、借りた話などが書かれているのを読み、こんな生活があったのだと、あらためて感慨を深くしている。

【五月十日　木曜日　晴れ】

出社してすぐ、今度出す『國鉄青年読本』の企画書を持って印刷協会へいく。料金公定表と、その解説書を買ってきた。

社に帰ったところへ綱正さんからの電話で、新聞社で醤油の配給があるから、二升分あきびん持ってきてほしいとのこと。会社にある一升びん二本を借りて、大急ぎで洗って新聞社へ。

この頃、味噌、醤油、塩、すべて配給がない。製造元が焼けたり、輸送が円滑にいかないのだそうだ。うちでも、もうすっかり不足していて、谷川先生のお宅や、お隣りの花渕さんから醤油をお借りしている。二升あれば借りをお返ししても一升は残るから大助かりだ。でも、一升二十二円とのこと。

こんな中で、昨日の欧州戦終結の報道は、私たち日本人にどんなことを考えさせただろう。平和へのあこがれが深くなっていくにちがいない。私も少し心が明るくなった。ドイツとのかかわりが切れることで、もっと自由に戦争を終わらせることができるのではないだろうか。立派な外交家は日本にもいるだろうに、軍の力には押さえこまれてしまうのだろうか。

【五月十一日　金曜日　曇り、肌さむい一日】

からだがだるくて、背中が痛む。床を離れるのがとてもつらい。

昨日から読みはじめた『ベルツの日記』（＊明治時代、日本に滞在したドイツの内科医ベルツの日記）持って出社。昨夜は十二時頃警報出たのに、起き上がりもしないで眠ってしまった。午前中はすることがないので、自分の日記を書いていた。

午後、「技能者養成教科書」の原稿集まったので編纂《へんさん》会議、といっても私の役目は会議の記録まとめること。

家に帰って、食事のしたくだけして、今日はつかれたので先に失礼しますと食卓に紙を置いて床に入った。『ベルツの日記』、床の中で読んでいたが、

『明治編年史』で当時のこと知りたくなって、また起きてしまった。こんなことしていると、本は焼きたくない、という強い想いが湧いてくるのを感じた。

【五月十二日　土曜日　雨のち晴れ】

しょぼしょぼという感じで降る雨。その中を、雨靴がダメになってしまったので下駄を履いて出勤。皮靴をぬらしてしまうと代わりがないので会社ではワラ草履を履くつもりで持参。午後は晴れたので日配へ廻す教科書の積み込み用意。

成迫さん、今日から東田町に住むことになる。転入の届を出しにいった由。

十一時すぎまで、みんなでおしゃべり。

今日、先生（＊古谷）から便りあり「めいめいの才能を生かしていくこと、切に祈る」と書かれていた。高知の部隊に廻されたとのこと。満州も内地も、どちらが安全とはいえないが、まあ国内のほうが事情もわかるから、とみんなで話す。

【五月十七日　木曜日　美しく晴れた日、だが夕立あり】

今日は早朝に亜炭を運びに綱正さんとご近所で借りた荷車をひいて出る。中野の美穂子の家で、昨日夜勤だった大野さんと合流。亜炭六俵を積んで、男二人は代わるがわる車をひき、私は後押し。

途中で空襲警報になる。途中の交番で様子をきいたら小型機が四十機ほど入ってきているという。空を見あげても何も飛んでいないから、歩こうかということにして無事帰宅。

昼食は木の芽味噌をつけて糠入りビスケット。

綱正さんが、

「このビスケット、ぷうんと歯みがき粉のにおいがするね」
というので大笑いになった。玄米を一升びんに入れて搗《つ》くとき、歯みがき粉を少し入れると早く搗けるときいて、私が歯みがき粉を入れたのだ。歯みがき粉入りの糠を使ってビスケットを焼いたこと、私も忘れていた。

綱正さん、手指にささくれができて痛むそうだ。栄養失調のせいだろう。みんなも大なり小なり栄養失調だと思う。

午後出社。この頃は交通機関が麻痺状態になって、出てこられない社員も日によってあるので、出勤についてもやかましくいわれないが、今日のことは何日も前に話しておいたので半日の休みにしてもらう。

帰りに相良先生のお宅を訪ねた。御次男の舜二さんが戦死なさったと谷川先生からうかがったので、ごあいさつにと思って。

お写真にだまって頭を下げるしかできなかった。以前、先生の原稿のお手伝いをしていたとき、御一家で北京にいかれることになった。船でいかれる

とかで、先生は、

「船の食事は洋食だから舜二にも食べ方やマナーを教えておかなくては」

と、私も連れていっていただいた食事のことが思い出され、つらくて奥さまのお顔を見られなかった。あれ以来、舜二さんにはおめにかかっていなかったが、軍服姿のお写真がまともに見られなかった。

先生も奥さまもとってもお寂しそう。奥さまは、「泊まっていってよ」と何度もおっしゃった。成城の駅までご夫妻で送って下さった。今日の相良先生ご夫妻のこと、高知の先生へ手紙書く。


【五月十八日　金曜日　曇り】

梅雨に入ったようなうっとうしい空。

昨日からずっと、相良先生のお宅で感じたことが頭から離れない。戦争がどれだけの人を悲しませ、不幸にしているかということ。つくづく戦争をいやだと思う。会社にいても何も手につかない。帰りの電車の中でもそのことばかり頭に浮かぶ。家を焼かれて、よるべもない友達のこと、自分も大切な人を失ったのだと、考えるまいと思っていたことも思い出した。

今夜は男性たちみな夜勤や出張。

つらいことは忘れようと、茶の間で一人夏のモンペを縫う。床に入って『クララ・シューマン』を読む。

警報は出ても空襲のなかったここ何日かではあったが、悲しみは深いことがあり、はっきりと、戦争はいやだと書き記している。みんなが、何かをがまんしてくらしている。これが長くつづいたら、何が起こるのだろうという、さけび出したいような気持ちがつづいていた。

大空襲前夜の誕生日祝い

日記を読み返しながら、そこに書かれている人のほとんどは、すでに亡くなっているし、ひとつ屋根の下でくらした人たちなのに、名字は書いてあるのでわかるが、フルネームをといわれると覚えていないことに気づく。顔は思い出せるが、さだかではない人もいる。戦争が終わってからは、それぞれが家族との生活に戻り、会うこともなくすぎたのだった。網正さんを通じて、ときに消息をきいていたが、働き盛りともいえた人たちの戦後は、綱正さんをはじめみんないそがしかった。

私もまた、一層いそがしくなり、昨日をふりかえってみるゆとりもなくすごしていたので、いつか忘れてしまったのだ。ただ、下宿のおばさんのようだったと自分の当時を思い出す。

【五月二十三日　水曜日　晴れたり曇ったりの一日】

朝、向坂奥さまみえて、隆一郎さんの壮行会を兼ねて、伯母さまのお誕生日祝いをするので、とお誘いを受ける。できれば綱正さんにもきてもらいたいけれど、大事なお仕事があるでしょうから、時間が都合つけば、といわれる。綱正さんは「明日は当直なので、都合がつけばうかがいます」と約束。

大西さん、東さんみえて綱正さんたちマージャン。お二人からいただいたお酒一升と卵三ケ。もうお酒のさかな何もない。庭の茗荷の芽を折ってきて、こまかく刻んで味噌和えにし、菊も芽をつんでおひたし。お米が心細いので、さつま芋たくさん入れて炊く。

珍しく今日はマージャンのお客さま十時半頃帰られる。配給のお酒五合があるといったら、綱正さん、大野さん二人とものみたいというので、また酒盛り。映画五十年史の写真見ながら映画の話をいろいろとして一時就寝。

一時半頃警戒警報。すぐ空襲に変わる。外へ出てみたらもう東南方向に火の手が上がっていた。ラジオは「主として焼夷弾攻撃だ」と伝えていた。一番近い火の手は馬橋《まばし》あたりだろうか（あとで知ったことだが杉並車庫あたり一帯だった）。頭上をB29が通ると、ここに落とされるのではないかとはらはらする。近くの高射砲陣地からの攻撃で命中弾を受けたらしい一機が、しばらくうろうろとまわっていて、全速力を出した様子で引き返していったが、墜落していくのが見えた。立場は違っても人間同士として考えると、アメリカ人を憎み、あなどることばかりに国民の気持ちを向けすぎているのではないかしらと、沈んだ気持ちになってしまった。

そろそろ明けそめてきても、未だ警戒警報の解除はない。電熱器を使ってみたら電気が使えたのでお湯をわかしてお茶をのんだが、綱正さんたちも珍しく冗談もいわず、だまっていた。みんなで、だまって熱いお茶をのむなんて、はじめてだと思った。

もうひと寝入りできればと、それぞれのふとんに入ったが、眠れるわけがない。警報はずっと解除されていなかったのだから。でも、うとうとしたのか、戸も窓もあけたままだったので顔にまぶしい光がきていた。

今年はじめて、春らしい朝がきた。

【五月二十四日　木曜日　快晴】

美しき五月というのは西洋の言葉で、日本の五月は走り梅雨といって、意外に雨が多いのだと誰かに教えてもらったけれど、今日は本当に美しき五月だ。暁にかけての大火で、煙ってはいるが、にぶい乍《なが》ら太陽の光は美しい。歩綱正さんも大野さんも今日は歩いてでも出社しなければならない出勤日。歩きながらでもたべられるように、おべんとうはおにぎり持たせる。省線も都電もダメ。

私は萬沢さんをさそって二人で安藤課長のうちがあぶないと思うので見舞ってから出社を考えようということに。でも、歩き出してみると、中野より私たちの家のほうが災害地に近かった。杉並車庫前のあたりがぐるっと焼けていた。立ち話をしている人の言葉の中に、電車の車庫は助かったようだ、というのを聞いた。今日は出社しても、会社に着く頃はもう帰る時間になるだろうからと家に帰った。

留守に婦人会からアルミ貨の回収をするようにとの指令がポストに入っていた。隣組にそのことを伝えてまわり、あと、伯母さまと隆一郎さんのお祝いの会に持っていくつもりで、とっておきの白いんげんを水につけておいたのを煮る。

歩きまわって汗をかいていたので、お祝いの席に汗くさくてはいけないと思い、ごはん蒸しに一杯お湯をわかし、洗面器三杯分くらいのお湯にしてからだを洗った。久しぶりにアンゴラのスカートをはく。前に伯母さまからいただいた絹の靴下をはき、洗濯してあるブラウスを着て伯母さまの家にいった。

今日は伯母さまのお誕生日だから、向坂家のお孫さんたちが一人ずつ、めいめいの贈りものを持って伯母さまの前にいっておじぎをし、伯母さまはそれを開いて「ありがとう」と、とてもしあわせそうにしておられた。

ごちそうはすべて庭のもの。蕗《ふき》、筍、パセリ、そら豆の初どり、ごぼう、ニンジン、それと配給のいわし缶詰（一人一尾ずつ）、浦和のご親戚からのさつま芋、隆一郎さんのお友達が持ってきてくれたというもち米と、やはり隆一郎さんのお友達が北海道から届けて下さったという小豆で作られたお赤飯。伯母さまが苦心して育てられたという苺が、やっとみんなに一粒ずつ。どれも涙が出るような貴重な食料だ。私が煮ていった、紅白に色つけしたいんげんも、とても喜んで下さったのでうれしかった。

お食事のあと、みんなで宮澤賢治の「精神歌」をうたい、隆一郎さんの持つ国旗には「雨ニモマケズ」と書いた。伯母さまから、たんざく一枚いただく。

外が暗いからと、隆一郎さんが送ってくれることになり、この日、はじめて本玄関からみなさんに送られて出た。家には大野さん一人帰っていたので、隆一郎さんと三人で甘い紅茶。大野さんもまじえてひとしきり三人で話す。

そのうち、東部軍情報として数機目標ありとラジオがいい、警報出る。よくもまあ、毎日くるものだと三人で笑った。

春の夜らしい冷たさを感じない夜。

十二時頃綱正さん帰る。向坂さんからの綱正さんのためにいただいて帰ったお祝いのごちそう一人前とお酒三合。大野さんと二人で。成迫さんは出張。お米買ってきてくれるとか。

昭和二十年は、なかなか春がこなかったようだ。日記には五月二十三日に、今年はじめて春らしい朝だと書いてあるが、四月も五月も、季節がおくれていたのだろうか。

今となっては全く記憶にないが、朝晩の冷たい空気が栄養失調と睡眠不足のからだにそう感じさせたのかもしれないと、あの頃をふりかえる。

今回の日記の中で、そうだったと思い出したのは、伯母さまのお宅には何度もお手伝いにいったし、当時「伯父さまのお書斎」と呼んでいた部屋を古谷が借りて仕事をしていたこともあり、私もよく出入りしていたが、「本玄関」というところからこの家に出入りしたことがなかった。私の育ちは大きなお邸などとは縁のないものだったので、そこから出入りするのは御主人さまとお客さまだけ、他の人は内玄関といわれる横手にある玄関からと決められていたというのも知らなかった。本玄関の前には馬車まわしという玄関前を馬車で入ってそのままぐるっと前進して出られる道がついていた。

古谷の伯父は政界で地位を得た人だったそうで、大正時代に流行したスペイン風邪で亡くなったときいていた。その夫人が、古谷が伯母さまと呼んでいた人だ。千坪とかの土地に伯父さまがいつか晴耕雨読の生活をするためにと阿佐谷に建てた別荘に、一人で住んでおられた。

戦争でなければ大宴会であったかもしれないお祝いの会が、綱正さんも都合わるく、私たった一人が客だなんて、申し訳ないみたいだったと思うが、思い出としてはなつかしい。

次の日に、また東京大空襲があるなどとは思ってもみない、晩春らしいあたたかい夜を思い出す。

火の粉が降りそそいだ夜

昭和二十年五月は、この一年間の日記の中でも一番長い記録になっている。二十五日には、三月の東京下町の大空襲につづく、広範囲の東京大空襲があった月で、私も友人知人の何人かを失い、御恩になった人やしたしくしていただいた先生方も罹災された。でも、お手伝いにいくこともできない交通事情や、自分の明日もどうなるかわからないのだから、という落ち着けない気持ちで、ただおろおろとして耐えているしかない日がつづいた。

【五月二十五日　金曜日　晴れ】

月給日。経理課長が出張中のため、いろいろな差引きなし。

昨日、今日と警報をきかずにいたので静かだったが、夜九時警戒警報。綱正さん、大野さん、今日はお酒が手に入ったとかで、二人でのんでいたのに「いい気持ちのところにお気の毒」と私は電気など消して身支度をする。

すぐ空襲警報になる。はじめ、うちの庭からは東南に見える空が赤くなり、そのうち、「山梨地区からの来襲」とラジオが伝えたが、外に出たらまっすぐ頭上に見える一機が火を噴いて落ちてきた。はっとした。高円寺あたりに落ちたのか、火事になったのが見える。次々に山梨方面からくるB29らしき機体が、頭上のあたりで爆弾を落としはじめた。火事が目標なのだろうかと思う。

そのうち、西南方向に見える空が赤くなり、世田谷あたりが大きく燃えているように見えた。パラパラと音がして、阿佐ヶ谷駅の北あたりと思われるところからも火の手が上がり、北の方向に広がっていく。ここは火にかこまれた感じだ。

つむじ風のような風が吹いてきて、家の中もよく見える明るさになってきた。

男の人たちは屋根にのぼり、私は持ち出したいものを縁側に揃え、掘ってもらってある穴に入れ、上に土をかけた。すぐ食料品だけは必要だから、茶箱に詰め、水筒と鍋も庭に並べた。

病後の谷川先生がどうされているかと思い、かけ出していってみた。奥さまが淀にいかれたのでお留守。通いの家政婦さんも夜はいないと心配になった。

先生は「僕も、もう活動できますよ」と、火たたきを持って屋根にも上がられた由。「火の粉をひとつ消しました」とおっしゃった。庭へ飛び込んでいったので、先生はちょっと驚かれた様子だった。防空頭巾をかぶったまま走っていったのは、何かパラパラ落ちてくるからだったが、ほっとして家に戻った。綱正さん、大野さんはまだ屋根の上だ。火の粉がふわふわ飛んでくるので気を許せないのだそうだ。

火も下火になってきたが、電気は切れているようで、ラジオもダメ。情報わからず、伝令のように「後続敵機ない模様」と大声でふれて歩く人がいたが、町会の人だろうか。しかしまだ高射砲の音はきこえる。

外へ出てみると、菊池さんのお宅の前の空き地には、避難してきた人たちが、リヤカーや荷物に腰かけていた。ふとんをかぶったり、風呂敷包みを背負ったまま土に腰をおろしてまだ赤い空を眺めている人々。

今日はかなり身近な人が罹災しているのではないかと綱正さんたちは話す。

とてもすぐには眠れない。炭をおこし、お湯をわかし、明けそめてきたうす暗さの中で番茶をいれる。うすい塩味をつけて熱々のところをのむ。やっと人心地がついた感じ。

朝日が出てきたので、忘れないうちに、日記つける。こんなおそろしさははじめてだったから。

【五月二十六日　土曜日　晴れ】

晴れた空は昨夜のことを思うと切ないほどきれいで、徹夜の朝の目にしみる。

省線も不通、私線も、とにかく乗りものは東京中不通。電気も水道もとまっている。井戸のある生活をこんなにありがたいと思ったことはなかった。手で押せば水が出てくれるのだもの。

昨夜穴に埋めたもの、食料品などは出さなければならないので、泥まみれのもの洗ったり拭いたり。

夢中で放り込んだ一斗缶から広辞林と針箱と紅茶の缶が出てきたのには笑ってしまった。おぼえはないのだが、茶の間にあったものをあわてて詰めて穴に放り込んだのだろう。

綱正さん、大野さん、ひと寝入りしてから、歩いてでも出社しなければばと家を出る。私は休むことにする。今夜は二人ともおそらく帰れないだろうとのこと。

午後、富永次郎さん（＊美術評論家。兄は画家で詩人の富永太郎）、心配して見にきて下さった。警備召集とかで、なかなか出られないでいる、とのこと。中央線は吉祥寺まで動いていたとか。

小金井のお宅からわざわざ、歩いてでも、と来て下さったそうで、先生の親友だからこそ心配して見舞って下さったのだ。綱正さんが出かけてしまって残念だった。

夕方になって、ようやく電気がきてラジオニュースをきく。宮城や大宮御所、その他宮家にも被害出た由。

東京新聞、読売新聞社も焼失。杉並なんか問題にならぬらしい。消息はさっぱり伝わってこない。

東中野の石井満《いしいみつる》先生（＊教育学者。精華学園理事長もつとめた）宅、荏原《えばら》の椛沢さん、渋谷の工藤さん、綱正さんの上司の大西さんは、小石川だったがと、みなさんの無事を願うばかり。一日じゅう動きまわっていたので、暗くなったらガックリとして動けなくなった。

いつの間にか、うたた寝をしてしまい、空襲警報でとび起きる。今日の敵機は長野、新潟に侵入、日本海に出て機雷《きらい》を落としていったとの情報。ほっとしてふとんを敷き眠る。

外は満月。思うことなく見たい月だ。

【五月二十七日　日曜日　晴れ】

中央線は立川から中野間のみ動いているとか。さっぱり事情がわからない。

東京、読売の両新聞が焼け、共同の新聞がはじめて出た。半分焼けた毎日で刷っているそうで、綱正さんたちもさぞいそがしいことだろう。隣組十三軒に四枚だそうで、これは記念すべきことだと思うので書いておく。うちはお隣りの花渕さんと共同で読むことになった。

中野の美穂子の家は焼けなかったと自転車で使いの人がきた。お米がなくてどうしようと思っていたところへ、お米、小豆など届けてくれて助かる。

【五月二十八日　月曜日　晴れ】

今日はどうしても出社しなければと中野まで省線。高田馬場方面に出ようと歩いた。

どこまでも見える焼野原。祖谷印刷所にまわってみたら住居は全焼したが工場が残ったそうだ。高田馬場から山手線が動いているというので秋葉原まで乗って会社へ。まず、本山重役が焼夷弾直撃で亡くなったこと。焼け出された人二人ときく。ついこの間みんなで宴会をしたあの本山邸も全焼。会社も仕事にならない。

綱正さんたちにおべんとうを届けてあげようと有楽町までいった。東京駅も焼けたところあり、丈夫だと思っていた海上ビルが焼けていた。半焼けの毎日新聞、まさに戦場だ。おべんとう渡して帰ろうとしているとき空襲警報。B51・B29数十機来襲と、あとできいたが、わからなかったので電車に乗ってしまった。

この日は長い日記になっているが、罹災したたしたしい人たちのことがいろいろ書いてある。それと、焼けあとを見た感想に、今までとは違うところとして、「今まで、たいていは、焼けあとに連絡先が書かれていたのに、今日は『壕に居る』と木札が立てられているのを多く見かけた。避難先もなくなってきたのだろう」と書いている。私も焼け出されたら、差し当たりいくあてがないから、ここにトタン板で小屋でも作って住もうかしらとも書いてある。

明日への思いがもてない日々だった。でも、今日は生きていなければならないと思っていた。

昭和二十年六月

◉あの頃の日本　昭和20年６月◉

６月13日、日本交響楽団（現NHK交響楽団）による第267回定期演奏会が東京・日比谷公会堂で開かれました。曲目はベートーヴェンの交響曲「第九」、指揮は尾高尚忠。演奏者も聴衆も国民服にゲートル姿で、これが戦中最後の定期演奏会となりました。

18日に沖縄南端の前線で負傷兵の看護にあたっていた「ひめゆり部隊」49人が戦死し、その後、彼女たちの多数が自害しました。23日、政府は義勇兵役法を公布し、15歳以上60歳以下の男子、17歳以上40歳以下の女子を国民義勇戦闘隊に組織すると決めました。月末には、マリアナ基地、沖縄基地、硫黄島から襲来する米爆撃機により中小都市が空襲にあいました。この月、東京市の人口は前年の19年２月の国勢調査時の約３割（220万人）に減っています。

二日間ずっと眠りたかった

五月の大空襲以来、日記には空襲のことには触れたくなかったのか、専ら災害を受けた人たちのことや、ごく私的な親類の家庭の嫁姑の問題をもちこまれて困惑していることが書かれている。私にはよほど重ったるいことであったようで、人にはいえない批評めいた意見を、日記にすべてぶちまける感じで書きつらねていた。

六月の日記はずいぶん長い。

【六月一日　金曜日　晴れ】

例年なら、ときに真夏のような強い日ざしが照りつけることもあるのがこの季節なのに、今年はまだ肌寒いときさえある。

麦の秋の季節。浜田山駅へいく途中、麦畑の横を通ると、この間の空襲の影響か、麦が赤茶けて何ともいえない色になって、うなだれている。どこかに焼夷弾でも落ちたのだろうか。この光景を見ながら歩いているうち、自然に涙が出てきてとまらなくなった。住んでいる家が焼かれなかったのは、幸運としかいえないことだったのだ。

ぜいたくは敵だといわれるけど、今、私の一番したいぜいたくは、二日間くらいぶっ通しで静かに眠ること。それだけ眠ればどんなに元気になれるだろう。

【六月二日　土曜日　晴れ、朝のうち雨少し降る】

今日は心にかかっている仕事を早く片づけようと朝一番に本省へいく。帰りに出版会、光阪社へいく。社へ帰ったら北海道からきたというするめを配給するという。一枚一円八十銭。四十枚買う。

退社の時間近く工藤さんくる。やはり二十五日の空襲で焼け出されたそうで、お父さんが亡くなられた由。明日は日曜だからうちへ泊まらないかと誘った。工藤さんはとりあえず親せきの人が疎開して空家になった家に入ることになったそうで、これからどうするかをよく考えるそうだ。私だって、もしあの晩焼け出されていたら、工藤さんと同じで、どうしたらいいかを考えなければならないのだと思った。

【六月三日　日曜日　つゆ曇り】

昨夜は綱正さんたち当直。お昼近く、綱正さんたち、お客さま三人と、総勢六人で帰る。お客さまは社の方たちで、うち一人は松ちゃんとみなさんが呼んでいるお嬢ちゃん。私が留守だったら、ごはん作ってもらうつもりで連れてきたとのこと。成迫さんが鹿児島からお米やお砂糖、小豆、もち米なんか持って帰ったので、休みがそろったし、今日はパーティだというわけ。工藤さんにも手伝ってもらって、女三人でぼたもちを作ろうということにした。

　男の人たちはマージャン。何だかこんな平和な日があるなんて、明日はどんな日だろう。

　こんなにお砂糖を入れて作るぼたもちなんて、もう最後になるかもしれないと、それこそぜいたくに粒あんを作った。谷川先生のお宅にも持っていくことにした。

　するめがあって助かった。松ちゃんがおみやげに持ってきてくれた卵で薄焼き卵を作り、白米ごはんを酢めしにして、庭の木の芽をこまかく刻んで香りにまぜた。錦糸卵をのせただけのおすしに。もみのりがあればなあ、と思った。

　ごちそうができ上がったところで、お食事に移る。男性たちはお客さまお持たせのお酒をのみ、するめをかじっている。そのあとは、レコードコンサートをしようと綱正さん。松ちゃんと約束したのだそうだ。とっておきのカーネーションミルク（＊無糖練乳のブランド名）の缶をあけ、紅茶をいれた。私も楽しかった。工藤さん、一日じゅうよく手伝ってくれて助かった。空襲にあってから、はじめて明るい日だったと喜んでくれて、私もうれしくなった。

工藤さんと枕を並べて、電気を消して静かに目を閉じたら、ふと妙なことが頭に浮かんだ。私は占いを勉強しているという知り合いの人に「あなたは晩年が幸福だ」といわれたことがあった。今は隣りで寝ている工藤さんをはじめ、家を焼かれたり、肉親を失い、壕の中で寝ている人が多いのに、私は二枚もふとんを敷き、垢のついてない寝巻きを着て眠ることができる。これは最高のしあわせかもしれない。もしかしたら、これが私の晩年かもしれない。もうじき、死ぬのかなと考えた。

どちらにしても、こんな生活がいつまでもつづくものじゃない。綱正さんも「あと半年つづくのかな」といっている。

世情がそう考えさせていたのだろうが、日記には、死という文字がよく出てくるようになった。そして、なぜ戦争をしなければならなかったのかと、疑問の言葉も多くなっている。そういうことを思うのは非国民だといわれることをおそれていて、日記にさえそれを書けなかったことも、今はわかる。

でも、私たちは何も知らされていなかった。うわさ話は多かったが正確な情報というのは何もなかった。大本営発表というのが戦争のことを知る、私たちにとって唯一の情報だった。

【六月五日　火曜日　晴れ】

成迫さんはまたどこかへ飛んでいくそうで、早く家を出たが、綱正さん、大野さんは夕方からの出勤だそうで、ゆっくりしている。

朝ごはんの芋がゆを工藤さんと作っていたら、茶の間で男性二人、

「なあ、落ち着いたくらしがしたいなあ。子どもをからかいながら酒のみたいと思うよ」

と大野さん。綱正さんも、

「うん、おれの子も、もう少しは話ができるようになったから、女房や子どもも相手に酒のみたいと思うよ」

と、しんみり話していた。

男の人だってさびしいんだ。何かに包まれるように、ほっとしたしあわせに包まれたいのだ。思ってもいなかったこんな合宿生活でも、朝いっしょにごはんをたべた人が、空襲で一切行方もわからなくなることだってある日常を私たちは今、生きているのだから、ふっとしたことから、小さなしあわせを夢見ることもあるのだ。昨夜のような、平和なひとときをすごすと、私が床の中で考えたように、男の人たちも、それぞれ、考えていたのだなと思った。

ぼたもち、いっぱい食べたせいか、今日は元気。でも腰が痛い。

【六月六日　水曜日　晴れ】

気持ちわるいほど空襲なし。定期便がこないと気が抜ける、と萬沢さんと話していたら、総務部長に叱られた。ついでに、女の子のしつけが悪いから、態度がよくないとこれも私が叱られた。会社へ出ても、まるで仕事のない日だってあるこの頃。

家に帰ったら大西さんみえていて、マージャンだという。大西さんも五月の大空襲で家を失ったと聞いていたので、そのお見舞いにちょっとでもごちそうしたいのだが、あるのは、するめくらい。成迫さん、岩国までいってきたそうで、メリケン粉といりこを手に入れてきてくれた。庭に勢いよく出ている小松菜を入れてすいとんを作った。いりこもたくさん入れて。味はおいしいけど、わびしい。

徹夜マージャンかなと思いながら私は失礼して早寝。『暗夜行路』二度目の読み出し。

【六月八日　金曜日　晴れ、夜になって雨】

大詔奉戴日。教習所が焼けて、毎月八日の行事もなくなったので、開戦日を機に教習生への合同の訓示もなくなり、教習生はそれぞれの職場に出ているのだろう。戦場なのだ。

私は自分の持ち物は衣類と本、文房具類だけで、あとは美穂子にまかせてこの家の留守を守ることにしたが、本だけはあとでまた持ち込んだものもあり、これはすべて売ってしまうことにした。今日、金森書店にいって話してきた。できるだけ身軽になりたい。

住む人が増えれば当然荷物も増えて、家の中はせまくなり、ごたごたしてきたが、これもやむを得ないこと。とにかく、雨のもらない屋根のあるところに眠れるだけでもしあわせだと思う。そんな時代だった。

梅雨の間だけでも家が焼けませんように

不満をいったところで仕方ない。なり行きにまかせるしかない。毎日が屋根の下ですごせることに感謝してくらすしかない、そう思っていたあの頃だが、日記には、あきらめが救いのように書いてある。出勤のため電車に乗ると足とからだが別の方向にいってしまい、自分のからだを守りたくてもどうにもならない混み方に、あばれたくなったが、それもかなわないことが書いてあったりする。

お米がなく、配給は十日分が豆で、それもカビの生えたとうもろこしや大豆だと書き、闇値は一斗三百円、それで陸軍大臣は、敵は近く本土に上陸してくるであろうといっていることを書き、「どんな日がきても、美しい生き方がしたい」と、言葉はきれいだが、なげやりだ。

【六月十五日　金曜日　曇り】

今朝、引越しをした萬沢さんをさそっていこうと寄ったら、庭にぐみの実が色づいていた。一つ取って口に入れたら、さわやかな酸味に目がさめた。全くこの頃は歩いていても眠っていたように思うことがよくある。危ない。

午後、経理課長と税務署行き、そのあと私は祖谷印刷に寄って帰ることを諒承してもらって課長と別れ高田馬場へ。バス停留所にいくと人の列だ。最後尾の人にきいたら、もう一時間も待っているというので私は歩き出した。歩くほうが早くつく場合が多いのは、この頃のバスだから。

家に帰ったら、成迫さんが帰っていた。今回は軍にもかかわる仕事で所沢（＊埼玉県）に泊まっていたそうで、あちこち飛んでいったとのこと。お友達三人もみえていて、今夜はマージャンとのこと。お友達のお持たせで、まぐろだか鰹だかの缶詰五ケとお米。取りつくしたあとに、また出てきた庭の蕗をとって煮つけて、せめてものおもてなし。私も久しぶりで白米の炊きたてごはんがたべられて大喜び。

夜中一時頃、警戒警報。つづいて空襲警報。およそ十機くらい来襲とラジオは告げたが、その後の情報では新潟から能登方面に機雷投下とのこと。

雨が降り出していた。屋根瓦にしみこむように降りしきる。どうぞ梅雨の間だけでも、家が焼けませんように。

【六月十六日　土曜日　晴れ】

出社すると社長が「弟から」と手紙を渡された。弟さんの昇三さんからだった。何だろうとすぐ封を切ったら、十日にお逢いしたときいわれた、お宅への招待状だった。萬沢さんと私に、お茶をごちそうして下さるとのことだが、文面はおどけて面白く書かれた候文だ。ふだん、あんなまじめな顔をされている昇三さんが、こんなお茶目なことをなさるのかと、思わず社長の前で吹き出してしまった。私には遊び心がない、と思った。

逃水居と名づけた御自分の住まいに、新しいお釈迦様を迎えたので、その御供養に一服のお茶を、というおさそいなのだが、とにかく面白く「一度御拝あれば、この世にては爆撃の難を免れ、あの世に行きては極楽特急フリーパスの利益《りやく》あること疑あるべからず」などとあり、私もこんな気持ちをもちたいなあと思う。

この頃、駅によく花がかざってあるのを見かける。爆撃で天井もない駅舎の片すみに、花があるのを見ると、こみあげてくるものがある。

お風呂をたてたので伯母さまにきていただく。とりたてのさやえんどうと、京鹿の子のお花いただく。

伯母さま帰られると、綱正さんと成迫さん、ベランダでレコードをかけ、ワルツをおどっている。成迫さん、明日からまたどこか遠くへ飛ぶようだ。

何かごちそう作りたいが、何もない。

【六月十七日　日曜日　曇りのち晴れ】

休日だけれど、男性たちは出社。たまっている家事を整理。掃除などしていると、もうすぐ井上家にお邪魔する時間。駅で萬沢さんとおちあうことになっていたので、行きがけに伯母さま宅にちょっと届けもの。庭にアメリカの宣伝ビラが落ちていたそうだ。「マリアナ日報」とあるが、こんなのはじめて読んだ。もう日本は負けたのだという意味らしいが、よくわからない。

小金井の昇三さん宅で美術品を見せていただいたり、塩味のきびだんご、みかん缶詰のゼリーなどでおうすをいただいた。その間も、よく飛行機の飛ぶこと。

夕ぐれになってから小金井を辞したが、帰ったら大野さん、豚肉配給があったと、肉のかたまりを前に座っていた。綱正さんにも配給あるようだとのこと。やがて綱正さんも帰り、「成さんにも、たべさせてやりたかったな」とみんな同じ思いだった。

日記の中に、こんなことが書いてあったのにはおどろいた。空襲があまりにはげしくなったせいなのか「昼間空襲があったことを夜には忘れてしまって、今日は空襲がなかったと思うことがある」という言葉だった。忘れるというのは、自分への救いだったのだろうか。

【六月十八日　月曜日　晴れ】

今年は旧暦の十三ヶ月だというが、そのせいかまだ肌寒い日が多い。

昨日の配給の豚で豚汁作る。配給といっても新聞社の社員が手に入れられたものだから闇というわけか。美穂子が長野にいって、長雄さんの世話は近所の渡辺さんがみてくれているが、渡辺さんから社に電話で、長雄さんに召集がきたという。長雄さんの外出先がわからないし、美穂子のところは電話ないそうで、どうしていいかわからないという。帰りに寄った。

夜おそくまで妹の留守宅にいたが、私にも連絡先わからず、家をあけるのもいやでひとまず帰ってきた。多分、長雄さんは仕事先でお酒でものんでいるのだろう。渡辺おばさん、一人おろおろしてお気の毒。

【六月二十日　水曜日　晴れ】

梅雨に入る季節なのに晴れがつづく。

この頃、友達にも逢ってないなあと思う。そんな思いで出勤したら、お昼に樋田さん訪ねてくる（＊銀座カネボウの五階に以前私の勤めていた事務所があった。樋田さんはカネボウの人だったが、仲よくしていた）。カネボウも三階までめちゃめちゃになったとの話。そんなことから石井満先生を訪ねようと思い、新宿角筈《つのはず》の精華高女の焼けあとにいってみた。淀橋のお姉さまのお宅も焼けた由。東中野のお宅も、御親せきのお宅、学校、事務所と、同時に焼かれてしまった先生は、御家族といっしょにトタン板の掘っ立て小屋で、学校にきた生徒たちを指揮しておられた。道子校長先生も御無事だった。

前に友達が焼けあとに立って、顔につけるクリームがほしいといったことを思い出し、私がもらってあったのをお見舞いに、石井先生には原稿用紙とはがき、先生は巻紙で手紙を書いていらっしゃったことを思い出し、巻紙と封筒など、いつか持っていこうと、神楽坂の山田文房具屋さんで買ってあったのだけがせめてものお見舞いになった。でも、石井先生も道子校長もとても喜んでくださった。東中野のお宅にあった何万冊もの本、絵や軸も全部煙になってしまった由。石井先生のことだけではない。多くの日本の文化財が、灰になってしまったのだ。十三年もお世話になった先生に、何もお手伝いできないのがつらい。

今日は警報一度。わりと静かにすごせたことに感謝。

たまたま難をのがれていた私だった。住む場所を失った場合は、トタン板で雨だけでも防げたらここに居場所を作ろうと、気持ちはきまったことが日記に残っている。

昭和二十年七月

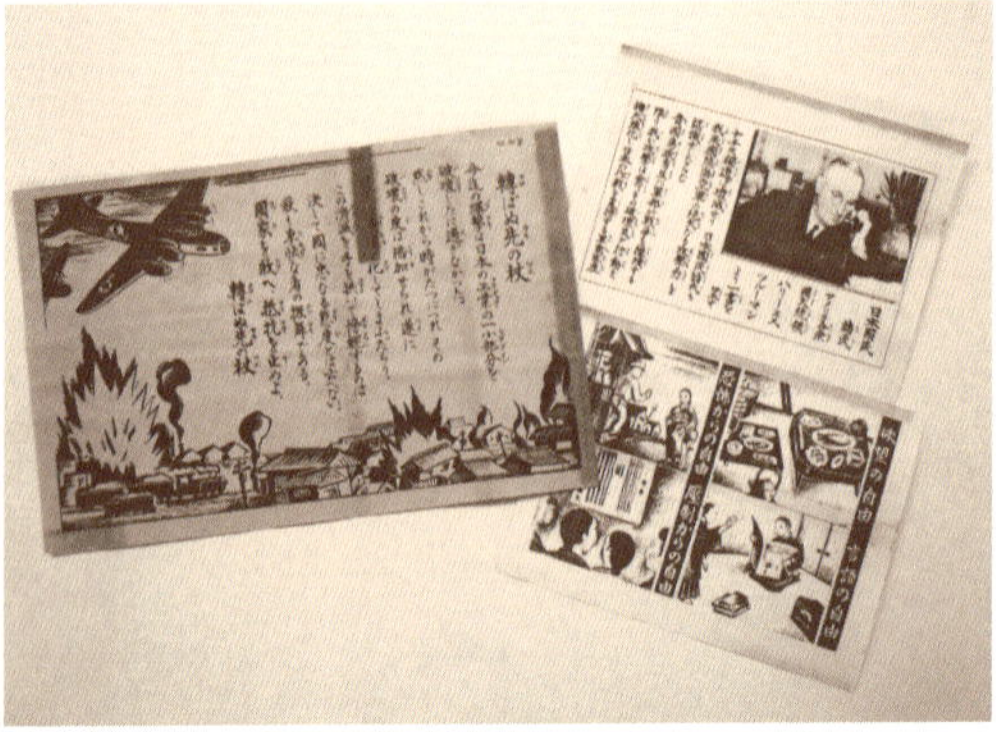

日記にはさまれていた、戦時中にアメリカ軍によって
撒かれたさまざまなビラ

◉あの頃の日本　昭和20年７月◉

深刻化する食糧事情をかんがみ、配給品を扱う公営綜合配給所が設置されました。そんななか、横浜ではジャガイモを盗んだ工員を市の自警団員が殴り殺すという事件が起きましたが、地検は正当防衛と認め、起訴猶予の決定をくだします。11日には、主食の配給は一日２合１勺とされました。

政府はソ連に終戦の斡旋を依頼するため、元首相の近衛文麿を派遣することを決めましたが、一方では文部省に学徒動員局を設置することも決めたのでした。

髪を洗えないので虱が

東京のあちこちが廃墟になり、明日はどうなるのかわからない、そんな中で私は相変わらず、三人の住む場所を失った男性たちの世話をしたり、勤めに出たりと、何とか丈夫ですごしていたものの、日記には、つかれ果てたとか、横になったらすぐ気を失ったように眠ってしまうなどという文字が並んでいる。読みたくて寝床に持ち込んだ本を、一字も読まないうちに眠りこんだということも書いてある。あの頃、東京でくらしていた人たちは、みんなそうだったのだろう。

男性たちのマージャンにも、はじめは、どうして徹夜なんかしていられるのかしらと、自分が興味をもっていなかったので、多少批判的に見ていたのが、だんだんに変わってきた。男性たちも、みんなつらい中を生きているのだ、この現実を、マージャンの間だけは忘れられるのだろう。焼け残っているこの家があるから、ここで冗談をいいながら、わいわいさわいだり笑ったりして、落ちこんでしまいそうな気持ちを、お互いに支え合っているのだろう、そんなふうに見ていられるようになっていた。

【七月一日　日曜日】

急に知らせがあって、今日は中野の憲兵隊（＊軍事警察をつかさどり、思想弾圧や国民生活の監視も行った）にいく。滋夫《しげお》（＊私のすぐ下の弟）が、憲兵隊の学校に召集されたときいていた。急のことでどこだかわからずにいたが、中野の憲兵隊の中だったそうで、今日卒業で明日は弘前にいくという。何が卒業なのか、いつ入学したのかも知らなかったのに、急の知らせでびっくり。たべものを持っていってやりたいが、適当なものがない。卵三ヶあったので茹でていく。

とにかく逢いにいった。憲兵隊なんて、およそ似合わない子なのにどうなることやらと、やせこけて、あまりものもいわない弟に、

「父さんに知らせた？」

ときくと、「だって北海道からは無理だろう」とだけいった。急に面会が許されたとか。

憲兵隊ときいただけで身震いするような私は、弟を訪ねてきたとはいえ、何となく弟も口をきかないし、私はあちこちに立っている上官のような人を意識して、すぐ帰ってきてしまった。腰かけの用意もなく、学校だか兵舎だかの庭で、みんな立ち話をしていたのだ。

心残りの面会だった。どういう意味があったのか、私には何もわからないままの妙な気持ちだった。

【七月二日　月曜日　雨のち曇り】

傘がこわれてしまったままなので雨の日はゆうう つ。

今日は今度会社で借りた焼けあとの土地四百坪を開墾する最初の日なので、仕事はないけれどぜひとも出勤しなければならなかった。綱正さんは休みだというので、おかゆを作って置いて出勤。どうも綱正さんはからだの調子が思わしくないようだ。

午後から、事務所に留守番を一人残して近くの畠予定地にみんなで出かけた。会社で用意した鍬《くわ》を持っていったが、まずは焼けあとに転がっているものを取りのぞかなくてはならず、それを一箇所に積み上げてからしか掘り返せない。そこまでが大変で、焼けトタンをめくると、ガラス、瀬戸物のかけら、こわれた手さげ金庫などなど、みんなが次々と集めてくる。ここを片づけて畠にするまでには、会社の全員で働いても一ヶ月はかかるだろうとの話になったが、やるしかないと、みんなで話す。それにしても、作物の実りはあるのだろうか。でも、畠を作らなかったら、たべるものはなくなっていくだろう。すでに、今日の夕食だって、何をたべたらいいのか、当てにするものがないのだもの。

家に帰ったら大野さん、成迫さん帰っていた。綱正さんは横になっていて、三人で話していた。成迫さんお米と鯵《あじ》の干物を手に入れてきてくれた。新潟にいってきたとのこと。明日はまた富山へ飛ぶそうだ。

成迫さんのおかげで今日はまともにごはんがたべられた。

【七月五日　木曜日　雨、ときどき晴れ】

綱正さん、今日はついに絶食。会社を休んで三日目だが熱はないそうだ。大野さんが休みの日なので一日中うちにいてくれるという。それで私は出勤。といっても、仕事は開墾。

やわらかい土にするために焼土を掘り返すのが第一の仕事なので、手に豆ができてもかまっていられない。私が掘り出したものだけでも栓抜き、ヘア・アイロン、木炭、火ばし、カメラなどなど。まだたくさんあるが、すべて人のくらしがしみているものばかり。

これを使っていた人はどんなくらしをしていたのだろう。今はどこにいるのだろうと、生死もわからない知らない人を思ったりした。

畠仕事にはまだまだ大変な手間がかかる。でも今日は総務部長がどこから手に入れてくれた食用粉の焼ぱんというのを一人三個ずつ差し入れがあった。


夜おそくなってから工藤さんきて、髪を洗わせてほしいという。頭がかゆくて眠れないというので、もしやと思って髪を見たら、虱《しらみ》がいた。卵がいっぱい産みつけられている。早速、お釜にお湯をわかして、私の使っているアルボース消毒石けんで髪を二度洗いさせ、梳《す》き櫛ですいたり、大さわぎした。私は小学生の頃虱にたかられたことがあり、そのとき苦いお湯で何度も髪を洗われ、梳き櫛で痛いほど髪を梳かれたのを思い出したのだ。

工藤さん、寮のある会社をさがして働き出したけど、二人一室で、今いっしょの部屋の女性は家を焼かれた五月から髪を洗えなくて気持ちわるいといってるとか。かわいそう。

警報が出たという記述は毎日あるのだが、その頃の東京は空襲をまぬがれていたようで、「敵機は太平洋から入って新潟方面に抜け、機雷投下の模様」と、ラジオ放送通りの言葉を写している。ラジオと新聞、それも伝え方を考慮された情報しかなかったことが、私たちにはかえって呑気にすごす時間を作ることになったのかもしれない。虱騒動も、髪だけではなく、綱正さんたちも、当直で新聞社の当直室に泊まって帰った日は、下着は熱湯に浸してから洗うことにしている。自分で洗うときも、それだけは守ってもらっていた。今のように洗濯機に入れれば洗ってくれる便利なものはなかったのだから、一枚ずつ手洗いだった。私も、はじめて下着の縫い目にもぐり込んでいた虱というものの姿を見た。男の人たちは、

「たしかに、あのベッドはみんなが使うから、何がいるかわかったものじゃない」

と笑っていたことが書いてある。

【七月七日　土曜日　晴れ】

お米の配給日は十日の予定だが、うちの米びつにはもう一升ほどしか残っ

ていない。三日ほど配給日があとになるらしいとご近所でうわさしている。とうもろこし粉と大豆はあるから、それをたべてしのぐつもり。

伯母さまから塩を手に入れることはできないかと頼まれていたが、梅となら取り替えてもいいという人がいると、会社の市村さんがさがしてくれたのでお願いした。ところが、伯母さまは梅一升と取り替えるつもりだったようで、びっくりしてしまった。

世間ばなれなさっているのはわかっているが、お米一升と塩一升が今は相場だと私でも知っているので、どう説明すればいいのか。梅は伯母さまのお庭のものだから、あとでよくお話をしよう。どれだけわかってもらえるのか。くたびれる。

会社へ出ても、仕事は畠作り。まだ種まきもできない状態だけれど、みんな素人なので、意見がいろいろ出る。「総務部長はご自分の菜園をもっているだけに一番知識もある」とほめて書いているが、その部長の菜園で大根を引き抜いてもらってきたのを、うれしそうに書いているのも食料不足のせいだったと思う。

防空壕も水びたし

この日記も、七月に入ってからは毎日が警報のこと、被害のことばかりで、「心をひきしめなければ」とは書いてあるが、実際には気がゆるんでしまったようだ。退社時刻になっても警報が解けないので、いつまでも待っていられないという気持ちで空襲下の帰宅の模様を書いたりしている。

どうも日記を読んでいると、これもたべものに関係があったらしく、七月十八日の日記には、こんなことが書いてある。

【七月十八日　水曜日】

今日は冷凍ニシンが配給になるというので、配給当番の足立さんに預かっていただくようお願いしてあった。帰りに受け取って帰る。一軒一尾。料理のしようも思いつかず、みんなで食べるには「ショッツル汁」にしようと思って、強く塩をすり込んでしばらくおいてから野菜と煮込んで、具だくさんのお椀盛り。こんなものでも今はとてもおいしい。豆の中にお米粒がまじったようなごはんに豆のおかず。海苔を大事にしまっておいたのが湿ってカビくさくなってしまったのを、佃煮にしたのがおかず。

むかしは、お米の一升買いという言葉は貧乏の代名詞だったが、昨今は、お米一升あれば心強いかぎり。うちの米びつに一升はない。

【七月十九日　木曜日　晴れ】

早朝の警報、艦載機らしいとの情報。B24とのこと。間もなく解除。

社の日下部さんが八月一日入営だそうで、今日はみんなで壮行会だ。昨日から給仕さんが自分の田舎の久喜《くき》(*埼玉県)へ買い出しにいってくれていて、今日は三時に起きてじゃがいもを掘ってきてくれた由。一貫五百匁で十五円払う。たくあん八百匁で三円五十銭。その他皆が持ち寄りで、玉ねぎ、きゅうり、なす、などが集まったので、会社常備の鮭の水煮缶をあけてカレー作りをする。生で食べられるものはサラダ。

いつもこういうときは私が料理長だ。でもみんなが喜んでくれるからいっしょうけんめい。

夜、十一時頃になって警報。九十九里浜、鹿島灘、相模湾方面より敵機いっせいに侵入。水戸、土浦方面を攻撃とラジオは伝える。この方向からくる敵機は必ずこちらにくるので、それこそからだ中緊張してきた。

「水戸、土浦、日立などに火災発生。民の敢闘をのぞむ」というラジオから流れる報道員の声もいささか平静ならず。

【七月二十日　金曜日　晴れ】

九時出社ができた。この頃はいくら早く家を出ても、何時に会社へつけるか、思い通りにはいかない。郵便だって、何日かかるかわからないし、どこへいってしまったのか、焼けてしまってわからないこともある。

出社前に、神田駅の駅長さんにお願いすることがあったのを思い出して寄ったら、事務室の窓ガラスが破れて、まだ破片が散っていた。何があったのかときくと、八時二十五分頃、いきなり爆弾が落ちてきたそうで、警戒警報がなると同時だったとか。入ってきた一機が投下したようだとか。私は電車の中で、めちゃめちゃに押されていたのでわからなかったのだ。呉服橋と八重洲橋の間あたりに落ちたので、水煙が丸ビル程に上がった由。会社へいったら、会社の窓も割れている。あたりを視察にいった総務部長の話では、本省のガラスもかなり破れたところ多いとか。一トン爆弾ではあるまいかとの話をしていたそうだ。

これは全くの人畜殺傷の目的のものだ。今後こういう場合の待避について注意があったが、それとともに会社疎開の問題も本格化してきたようで、ちらりと、みんなどうするかと聞かれた。小諸の奥あたりに目当てがあるらしい話も出た。私は東京に残るより仕方がない。

お風呂をたてた。久しぶりに、谷川奥さまからいただいた浴衣をきてみた。そんな姿で一時間でも庭を眺めてみたくなったのだ。あんな爆弾で死ぬのだったら、せめていっときのやすらぎのあとで、という気持ち。

十二時近く警報発令。夜中二時頃まで三機来襲。何れも一機ずつというのが気味わるい。男性たちは皆当直で一人の夜だ。

【七月二十三日　月曜日　晴れ、暑い】

おとといまでは、今年の気候はどうなっているのかと思う「寒さの夏」だったが、今日は何と暑いことか。快晴だ。

朝、お米の配給とりにはじめて綜合配給所というところへゆく。今月の二十七日分から八月十一日分まで。米十三キロ、大豆十三キロ合計二十六キロ。リュックに入れてかついで帰る。これが四人分だ。

昨日の大雨で防空壕が水びたしで、谷川先生のお宅へ手伝いにいく。先生が大切になさっているものが箱のまま水に浮いている。本を入れたブリキ缶も水が入り、毛布、ふとん、すべて、しぼってもしぼっても水が切れない。情けない思い。伯母さま、向坂家の防空壕も水びたしで、紋付きや白無地の絹にいろんな色がにじみ、べたべたに濡れている。

引き上げるところまでお手伝いをして家に帰り、水を浴びてから身じたく。今日は幼友達の安達栄一さんが結婚したそうで、その御披露に少人数の人に集まってもらうからと知らせがあったのでお祝いにいく。何もお祝いができないので、大事に持っていた新しい抹茶茶碗を持っていった。

新居は小ぢんまりした仮小屋のようなところだったが、気持ちのいい生活ができそうだ。きぬ子さんという奥さん、とても感じのいい人だった。

七時に家に帰ったら、大野さん四時頃に帰ってきていた由。おなかすいたという。気の毒に。

綱正さんに防衛召集の待機命令甲種というのがきていた。大野さんの話では、臨時召集と同じ性質のものらしいとか。綱正さんは当直。


この頃になると、会社の仕事もほとんどない状態で、一週間くらいずつ交替で休みをとろうということになり、役付きの人以外は順に休暇をもらえることになったことが日記に書かれている。


【七月二十四日　火曜日　曇り】

今月は隣組の月当番なので、婦人会の貯金を集めて班長さん宅に届ける。

月末まで休暇をとったので、せいぜい月当番の仕事もしておかなければ。

干し数の子やとろろこんぶの配給があるというので綜合配給所へ隣組の配給分をとりにいく。数の子一人七匁、九銭四厘五毛だそうだ。とろろこんぶは一人十匁で十二銭。どう勘定したらいいのか、頭いたい仕事だった。

高知の部隊にいる先生から便りあり。「日本のことわざ」を調べて気象に関するものを書き抜いて送ってくれとのこと。そういう仕事につくようになったのかな、と思った。

警報一回だけ。一機とのこと。

関西、中国、四国には計二千機来襲とか。それだけきたら、どうなってしまうのか。情報がさっぱりわからない。

谷川奥さま、急に淀への疎開二十六日にきまったとのこと。休暇中でお手伝いできるのでよかった。

読み返しているうちに、自分でも「へえ、そんなことがあったのか」と思うことばかりで、本当に忘れている。当時、したしくつきあっていた友達や同じ屋根の下でくらしていた人たちは、もうみんないないないから、あの頃を話し合うこともないが、いつも、何という時代だったのだろうと、一人じわじわと怒りに似た思いが胸にひろがるのを感じながら書いている。

あの戦争の時代を生きてきたからこそ私は、どんな事情があっても、戦争はいやだといい、してはならないと思う。戦争は私たちのごくふつうの生活の中にある、ささやかなしあわせを奪ってしまうからだ。

昭和二十年八月

昭和20年８月15日、玉音放送を聞く人々
（写真提供／毎日新聞社）

●あの頃の日本　昭和20年８月●

敗戦色が濃厚になる中、８月６日に広島に、９日に長崎に新型爆弾が投下され、日本は世界初の原爆被災国となりました。政府はついにポツダム宣言を受諾することにし、ここに戦争は終わりました。灯火管制も解除され、軍事上の理由で禁止されていた新聞紙上の天気予報も復活しました。が、降伏反対を叫ぶ義勇軍の一部や将校らが県庁や放送局を襲う事件があいつぎ、人心の動揺はつづきます。米軍の進駐地となる都市では学校が休校となったり、婦女子の疎開がさかんにいわれました。

明日を思わないことにして

昭和二十年も七月の終りになると、自分でこの日記がどうもつまらなくなったと書いている。毎日、空襲のことと、つかれて眠りたいということばかりが書きつらねてあり、自分のことを棒になったみたいだと、そのつかれの理由を、「一日じゅう、立って働いているか、横になって眠っているかだ」と表現している。「会社は運輸省の錬成課嘱託となり、私たち社員は鉄道義勇戦闘隊員（＊六月に公布された義勇兵役法に基づく民兵組織のひとつ）となった」と、いつかそういう身分になっていたことも書いてあるが、生活は何も変わっていなかった。

同居人の成迫さんが上海にいってくると出ていった日、何故か飛行機が不時着し、胴体着陸とかで飛行機はこわれたが乗員は無事だったとの情報が入ったとき、「明日を思わないことにきめてから、何があってもあわてなくなった」などと日記には書いていても、さすがに同じ屋根の下でくらしている人のことだけに心配だという心の動きも書いてある。

【八月一日　水曜日　晴れ】

昼間は何事もなくすぎたが、夕食後終わった頃から警報。多数機、東海方面に入り、関東は川崎、鶴見あたりに集中して、爆弾投下の模様だとラジオ放送。でも、火の手はかなり近く見える。綱正さんは「僕の勘では、今日はこの辺まではこないと思うな」というけれど、高射砲や爆風の音、共にものすごく、東南、西の空は紅に見える。紅の色をこんなにさびしいと思って見るのははじめてだ。綱正さんの勘を信じて眠ることにした。つかれ甚だし。泥のように眠る。

【八月七日　火曜日】

成迫さん、無事帰ってきた。よかった。今日は、会社の創立一周年記念の日。総務部長や課長が苦労して集めたという材料でお祝いの膳。じゃがいもやトリ肉、卵などで、ただおなかいっぱいたべられたのがうれしかった。例のごとく私の大活躍の日でもあった。

夜は萬沢さん宅で七夕まつりをしようと約束していたので、そのまま家に帰らずいく。笹につるしたあり合わせの紙で作った短冊には、カルピスのみたい、エビフライ、あんぱん、ショートケーキ、などなど、たべものばかりが書いてあった。

今日は広島市に新式の爆弾が使われた空襲で、大きな被害があった由、いよいよ覚悟の必要を感じる。

これがあの原子爆弾を落とされたことを知ったときの私の日記なのだった。原爆が落とされたのは八月の六日だったが、私はその翌日に知ったようだ。知らされなかったための、こんなのどかさを、今思えばかえってしあわせだったのかとさえ考える。

世界史上はじめてのいのちやモノへのおそろしい破壊行為が、この日本の国土の中で行われたというのに、私は七夕の笹に、あんぱんだショートケーキだと、食べたいものを書いてはつるしていたことを思い出す。これだけでも、今ではとても考えられない当時のくらしだった。

【八月八日　水曜日】

広島には三機の来襲で町の七分通りは破壊され、死者七万とか。新爆弾はすごい破壊力だという。ラジオニュースは、この爆弾への対策ができるまでの間、とにかく横穴防空壕を完全にするようにと国民に説いている。

今日は男性二人は休みで家にいるとのこと、安心して家を出る。

夕方四時、警報、大型機六機が侵入というラジオ情報だが、省線は動いているので帰ることにした。新宿駅で下車待避を命ぜられた。ホームにいるのは危険だといわれ、地下へいったら、待避壕じゃないから出て下さいと駅員は叫んでいる。しばし迷ったが青梅口に出て精華高女の焼けあとまで歩く。石井先生のところにお世話になろうと思った。

もう大変な人が集まっている。駅が砲撃目標になったら危険なのに。こういう場合の訓練も大切なのだと思った。

蚕糸《さんし》試験所前まで堀の内行きのバスに乗り、あと都電を利用して帰宅。でも、どうかしていた。今月分の生活費を入れたお財布、どこで落としたのか、約二百五十円入っていたのが、カバンの中にない。電車の中で盗まれたのかな。お家賃と今月引き受けなくてはいけない国債の分、隣組貯金の分は支払ずみだったから助かった。誰にいっても仕方ないし、交番に届けたところで何ともならない。少しずつ貯金をおろそう。

【八月九日　木曜日　晴れ】

歴史的な日。ソ連の宣戦（＊日本の戦後処理を視野に入れたソ連は中立条約を破棄して中国東北部から樺太にかけた地域で日本軍に進撃した)。朝、茶の間のラジオの前にいたのは成迫さんと私。言葉もなく顔を見合わせた。綱正さんも起きてきて、三人とも無言。三人とも休みで家にいたが、お昼頃当直あけの大野さん帰宅。みんな待ちかまえていた。明日、帝国政府の発表があるようだが、これも先月二十六日の敵国側の申し入れを受諾するか、或いは焼土化するまで戦うか、二つにひとつをとるよりないだろうと、新聞社の人たちはいう。広島に落とされた新爆弾は、それをうながす試みであったようだ、とのこと。

私には、自分に何ができるか、どうすることが一番いいのか、何もわからない。心の整理、身辺の整理をしておかなければ。

【八月十日　金曜日　晴れ】

早朝から、東北、東部軍管区に大量の戦闘機や爆撃機が進入、全部で千機を超す数の来襲で、さまざまに進路をとっているとの放送。

暑い晴天の空を見ると、B29の編隊だ。久しぶりに、昼の光の中で見た。

これでは出勤もできない。庭に出てみた。

せまい菜園だが、眺めていると無量の感じ。

空襲にも、食糧不足にも、燃料不足にも、そして大切な人との別れにも、すべて耐えてきたこのいく年かは何だったのかと、一瞬わびしい気持ちになったが、本気で働かなければいけないのは、これからじゃないのかしら、と気をひきしめた。

成迫さんといつもいっしょだという飛行機の操縦士さんがきて、食用粉、じゃがいも、角砂糖など貰う。じゃがいも餅でも作ろうと思う。男性たちのマージャンのお仲間が揃い、「もう、マージャンもできなくなるな」と話している。四人とも、家も家財も焼失した戦災者だ。しみじみとその言葉をきいた。

【八月十三日　月曜日　晴れ】

十一日、十二日と空襲はなかったが、新聞社の人たちが集まるわが家での話題は、専ら、いつ敗戦が発表になるのかということばかり。今日はアメリカ側で重大閣議があったようで、それは日本側からの申し入れに対する返事のためのものだったとのこと。

そんな話を耳にしている私は、新聞の書き方が、やがて起きる事態に対しての覚悟を国民に呼びかけているように思えて仕方ない。

今日は休暇をとってあったので一日在宅。高知へ送る俚諺《りげん》辞典（＊ことわざの辞典）からの書き抜きをすませてしまわなければと思っていたので予定通りにした。

とはいっても朝五時に警報。カボチャの花に人工交配をして、お釜の火加減をみているところだった。ラジオをつけたら艦載機の来襲だという。いきなりものすごい爆音に飛び上がった。

庭で作ったどじょういんげんのゴマ和えやゆで卵を、お昼用にと思っていたけれど、空襲で死んだらがまんしたのも損だという気になるから、たべてしまいましょうかといったら、やっと起きてきた綱正、成迫さんのお二人、賛成だという。その日ぐらしより「そのときぐらし」という生活。食事が済んだら男性二人は碁に余念なしの様子。私も書き写しに集中。

大野さん、夜九時頃帰宅。「日本側の申し入れに対し、敵側より承諾きたる由。天皇陛下は御異存なく、民を救う道といわれたが、軍は承知せず、今日四時からの閣議がまだつづいている」との話。

新聞記者たちの話をきいていたせいで、私は多少のニュース先取りができたけれど、しかしそれでも、まだ広島をよく知らなかった。もちろん私の身辺の人たちも、ただ大型の新爆弾という認識しかなかった。

私たちの国は負け方を知らなかった

　昭和二十年という年は、それほど暑くなかったのだろうか。エアコンはもちろん、扇風機も家にはない時代だったが、暑くてたまらないという文字は日記のどこにも見当たらない。宮澤賢治の「寒さの夏」のような気候だったのかしらと思ってみたが、そんなことを書くより、あれもこれもと、書いておかなければと思うことが多くて、暑さのことなど忘れていたのかもしれない。

　しかし、と思ったのは、私は夏を冷房の中ですごした経験もなく、冷蔵庫も、扇風機もない家で育ち、妹と二人のアパートぐらしでもそうであった。街にもそれほど大きなビルはなく、私の勤め先の七階建てのビルにも、冷房の設備はなかった。冬は温水の通る暖房があったと思うが、はっきりとは思い出せない。今、私がいつも通る地下鉄の駅までの道にパチンコ店があるが、その裏になる道を歩いていくと、夏はタバコのにおいのまじった熱い排気に、ウッと息がとまることがある。そのたびに、夏の暑さがきびしいのは、この冷房のための排気もかかわっているのではないかしらと思う。

毎日のように停電はあるし、冷房なんてものが頭になかった生活をしていた焼け野原東京は、それほど暑さを感じるほどではなかったのかもしれないし、夏は暑いのがあたりまえだったから、殊更に暑さを書き記すこともなかったのかもしれない。

敗戦とはいわず、終戦といった、無条件降伏といわれた戦争の終わりを告げられる前日の私の日記は、こんなふうに書き出している。

【八月十四日　火曜日　晴れ】

早朝、艦載機来襲との警報だったが、B29一機で、ビラをまいただけで帰っていったという放送だった。

いつものように出勤。駅ではすでにビラの噂話をしているのが耳に入った。

「ビラには、天皇陛下は平和を御希望しておいでである、と書かれていたそうだ」といっている人がいた。本当にビラを見たのかしら。

会社でも、みんな落ち着かないのか、誰も仕事をしようとはしない。話もしない。私も机の引き出しを整理していた。何も手につかない。する仕事もないのだ。

早く帰ることになり、日のあたっているうちに家に帰る。空襲もなくなるだろう、家が無事でよかった。

夜、お隣りの奥さまがみえた。ニュースをきいて、明日の重大放送というのは何なのか、お宅は新聞社の方がいるので、何かわかっているようでしたら教えてほしいといわれた。

私もよくはわからないが、いろいろ聞いているところでは、戦争は負けのようですとだけ。あとは隣組の話などして帰られた。

【八月十五日　水曜日　晴れ】

五時二十分頃、艦載機来襲という警報が出たそうだが、眠りこけていた。七時二十一分、特別ニュースとして、ラジオが今日正午から天皇陛下の御放送あることを告げる。

出勤前に、どじょういんげんをとって茹でておこうと庭に出たら、お隣りの田中さんのおばあさまが、お孫さんにいっていた。

「戦争が終わったら、甘い、本当のお砂糖を入れたあんこで、おはぎを作ってやるよ」

本当のお砂糖ねえ、と私もたべたいなあと思った。

午前中、出社すぐに銀行が払い戻しを中止するだろうと噂が流れて、会社でも現金がまるでなくては困るのでおろしてこなければという話になり、経理課長が銀行にいくという。私も同じ銀行に預けている二千円弱を現金にすることにした。また、落としたりすると大変なので、風呂敷に包んでおなかに巻いた。

お昼十五分位前に、会社を出た。私は陛下の放送を、街中でききたかった。お声をきくのも、どんなアクセントで話されるかも、はじめてであり、街の人たちはどんな態度でそれをきくのか、これは見ておきたいと思ったのだ。なぜだかわからなかったが、知らない人たちといっしょにおききしたかった。

私が「ここで」と決めていた神田駅近くの電気屋さんの前に立つと、「聞かせて下さい」と次々に人が集まってきて、すでに店の中や前に立っている人は私を含めて十五人ほどになった。

時報、つづいてお声をきく。みんな頭をさげ、粛然としてきく。はっきりとはきこえないが、きれぎれにききとれる言葉に、この戦争で私は何をしてきたのだろう、と思ったら涙が出てきてとまらなかった。

放送が終わってまわりの人を見たら、やはり泣いている人はいたが、あげた顔に、戦争は終わったのだという明るさが見えたと思った。自分の心の反映だろうか。しかし私は、自分の目をそれほど信じないものではない。

午後、少し頭痛あり。三時から戦局変転のためという社の会議があった。重要書類焼却の必要もない社としては、結局今後の問題についてだが、何もわからない今日のところ、鉄道戦闘隊は解散、私たちも、戦闘隊としての召集は解除になるわけだから、各自のつけていたマークなどは焼却。


【八月十六日　木曜日　晴れ】

男性たちは新聞社にいきっきり。私も普段と同じに出勤。街で出会う人々も別に変わった顔はしていない。ご近所の人に会うと、「大変なことになりましたね」とだけ、挨拶がわりのようにいう。

今日も午前中に警戒警報が出た。

会社では、とにかく一応の見通しがつくまで女子職員は休暇となった。山へ入るなり、田舎にいくなりして、ただ連絡先だけはきちんと届け出ておくようにしてほしいと、本省にならっての処置だそうだ。

いったい、何をされると思ってお役所はそんなことを考えるのだろう。もっと重大問題は山積しているであろうに。国家が運営している鉄道の本省が、何をあわてているのだろう。力足らずに敗れたのではないのか。

軍は徹底抗戦を叫び、国民に呼びかけている。これはほんとに困ったことだ。勝ったときより、負けたときに、本性は知られるもの。

私も綱正さんたちの、マージャンをしながらの話をきいていたからこそ、そんなふうに考えられるのだと思い、いやだなと思った日もあったけれど、今は感謝だ。

【八月十七日　金曜日　晴れ】

今日から会社を休んでいいことになったが、振替貯金の局待ち払いは私がいつもやっていたので、その引きつぎのために出社。

日本軍の飛行機が伝単（＊宣伝ビラ）散布。私が神田駅で壁に貼ってあるのを見たのには、

「軍ハ陸海軍共ニ健全ナリ、國民ノ後に続クヲ信ズ　宮中尉」

と署名入りだった。軍人の気持ちはそうだろうが、すでに陛下のお勅語も出ている。国の長い歴史の中で、今度の敗戦は小さなことになっていくのかもしれない。明日への道を拓いていくほうが国のために働くということになるのではないのだろうか。


こんな偉そうなことが、まだまだ続くのを、自分ながらはずかしくなった。でも考えてみれば私たちは、日本は神国だと学校で教えられ、敵が攻めてくれば神風が吹いて敵を全滅させると学校で教えられた。今でもおぼえているのは、小学五年生のとき、何かの授業で「日本は今、年寄りから赤ん坊まで含めて、一人につき七十五円の借金がある。それを返さなければならないのだ」と教えられ、私は、「大人になったら七

十五円貯金をしよう」と決心した。

そういう子ども時代から、次々に戦争を大きくしてきた日本に生きて、敗戦を迎えたときの、はじめて国を動かしてきた人々への、はげしい反発のようなものが湧き出てきたのかもしれない。そんなことを考えた。

空襲のなくなったうれしさ

この日記も終りに近づいた。

敗戦を終戦と名づけたことは、当時の私たち国民に、戦争に負けたのではない、戦争をやめたのだという考え方を押しつけようとした軍部の力だったのだろうか。そのために、町できく声もさまざまだったことが日記にも書いてある。

乾パンの配給に並んでいたとき、四十代に見えるどこかの奥さんが、ひどく気負って隣りに並んでいた私にいった言葉というのが書いてある。

「日本は戦争に負けたんじゃないんですからね。科学の前には頭を下げたけど、誰が武力でなんか参るものですか。私はアメリカの兵隊が入ってきてもすましていてやるわ」

道を歩いていても、

「誰があんな条件で承知したんだ」

などという声が耳に入ってくる。終戦といいながら、無条件降伏であったのだ。「戦争は勝か敗かの二つしかないのだから、敗れたからには敗北を認める以外にないではないか」と、新聞記者たちの受け売りだったのか、私も偉そうなことを日記に書いていた。

空襲下の東京での生活を、同じ屋根の下で共にすごした寄合世帯も、近く終わるだろうから、最後まで、できるだけ楽しくすごしたい、いやな思い出はないが、みんな我慢の生活だった。足りない食糧を分け合ってたべてきたこと、たべものに何ひとつ文句をいわずにいてくれたことにほっとしていた私だった。共同生活への感謝の気持ちも書いてあった。

【八月十九日　日曜日　晴れ】

早朝から畠の草むしり。洗濯、湯殿掃除、その間に朝食の仕度などと大働き。何ともいえず働くのが楽しい。気持ちが明るくなっている。

今日の食事。朝は大豆ごはん、つる菜のみそ汁、うちの庭の初生りカボチャ煮物、伯母さま宅からいただいたきゅうりの漬けもの。昼は食用粉のおだんご。夕食はじゃがいもの粉ふきに青しそのみじん切りまぶし。やはり伯母さまからの卵で何も入らない茶わんむし。配給の白うり塩漬け。デザートに谷川先生からいただいてきた梨二ケをみんなで切り分けてたべる。

今日はていねいにお風呂掃除をしたので気持ちがいいと思い、伯母さまと向坂家の皆さんにも都合のいい方にはどうぞと声をかけた。伯母さまと向坂奥さまもいっしょにみえた。

皆さん帰られたところで一度お湯をあけ、新しい水を入れて、わが家の男性たちに順番に入ってもらう。風呂焚きをしながら歌をうたっていた自分に気づき、ひとりで笑ってしまった。空襲がないとは、何とうれしいことかと思った。

【八月二十日　月曜日　晴れ】

会社にいっても仕事がない。結局みんなでこの先どうなっていくかの各自の想像を話すだけ。何も手につかないという感じだ。

早く帰ったら、今日は成迫さんが一日家にいたという。隣組の人がきて、お米の配給があるので、袋を出すようにといわれたが、わからないので何でも袋ならいいかと思って枕カバーをはずして出したら、ひもがついていないとダメだといわれた由。早速米袋を持って当番のお宅にいったら笑われた。

夜みんなにその話をしたら大笑い。こんなになごやかに笑えたのが、何ともいえないうれしさだった。

【八月二十一日　火曜日　晴れ】

谷川奥さまからのお便りをいただく。高知の先生からも便り。まだ十五日前の日付だった。男三人の世話を勤めながらするのは大変だろうから、からだに気をつけるように、とのこと。

そうだ、これからがほんとうに働かなければいけないのだと、あらためて思った。

今日は暑かった。夕方家に帰ったら、綱正さんと成迫さん二人で庭の菜園に水まきをしていた。雨が降らないから、作物がダメになるといけないと思ったのだそうだ。

みんなも、たべもののことではそれぞれに協力してくれているのだと、ほっとした。

大野さんの帰りがおそいと思っていたら、「大本営発表があったので」とのこと。

いよいよ、二十六日には、敵軍先頭部隊の空輸で、その翌日から艦隊も続々入港。陸軍はまず厚木に入るという。そんな話のあと、アメリカの新聞にのっていたという話をきく。

無条件降伏受諾のためにいった日本側の代表の人数の多さに、新聞にはこんなことが書かれていたとのこと。

「七、八人でくるだろうと予想して、厚いビフテキを用意して待っていたら十七人もやってきたので、それから早速七面鳥を用意したりして大変なもてなしをして帰した」

何もいえない、いいたくない気持ち。

今日うれしかったこと。

もう、あきらめきっていたお砂糖が配給になった。四人分八十匁六十銭。塩が八月九月分で一人九銭。綱正さんたちの社で茄子の配給あったそうで助かった。闇値とは何という違いか。

闇といえば、新聞社でバターが買える由。木箱入り百ポンドの一箱が八千円だそうだ。そんな高価なもの買えるわけがない。でも、どこからそんなものが出てくるのだろう。やっぱり戦争に負けて、これからどうなるかわからないから、どっと闇商品を出す人がいるのだろうか。お砂糖も一貫目千三百円になっているとか。軍の放出ということなのかと、いやなことも考えてしまう。

日記はまだ九月もつづいているが、人にきいた話や、盛んになった闇物資の話、農家では何も作りたくないといっている話など。これはアメリカ兵の食料を作るのがいやだという意味で、アメリカが自分たちの食料を持ってくるなどということが日本人には考えられなかったためだったと思う。

そのほかは、自分がこのほぼ一年に何も勉強できなかったことの後悔などなど、書きつらねている。

また、日記はいっしょうけんめい書きつづけたが、ものの見方や考え方は綱正さんたちに教えられたことが多かったと、そんな環境にいられたことをしあわせだったと書いている。

九月十日までには、日本の全国的武装解除となるというので、やがてこの家の主人が帰ってくる日も近いだろうから、東京に入ったら、まずこの日記を見ながら東京を自分の目で見てもらいたいとも書いてあった。

私が妹と二人で住んでいた高田馬場のアパートも焼けてしまったから、そのうち、住む場所をさがさなければならないが、とにかく、留守を預かった家が焼け残ったことは何よりもありがたく、責任を果たしたことで気持ちは軽い。しばらく、父のいる北海道にいってくらしてみようかと考えたりしていた。それは、たまたま綱正さんを訪ねてみえた滝沢修（＊俳優、劇団民藝創設者の一人）さんが、北海道の農業会からの仕事で旅行をしてきたと話していたのをきいたからだったかもしれない、と書いている。

そのときの日記には、滝沢さんが、白いさつま上布《じょうふ》にへこ帯《おび》姿であったことが書いてあり、男の人のそういう姿を見たら、本当に戦争が終わったことを感じたという気持ちも書いている。国民服にゲートル姿の男性ばかり見ていたのだから、くつろいだ和服姿は、本当に珍しかったのだ。日記を読み返していて、それをはっきり思い出した。

何はともあれ、毎朝目がさめると「もしかしたら、今日空襲で死ぬかもしれないな」と思った重い気持ちが消えたことはうれしかった。

そんな日々を生きたことが、この日記を読み返していると、はっきりと思い出される。

おわりに

今では、この記録の中のことを共に体験した人はいなくなってしまったが、あのほぼ一年間の記憶もうすれている。しかし、何かをきっかけに、鮮明に私の中にあらわれるのは、たとえば、焼けあとに友人の安否をたしかめて歩きまわったときの、靴底から伝わってきた地面の熱さ。あの感覚は何十年たっても忘れない。

あるいは、空襲で家々が焼かれていく夜空の明るさ。爆弾を落とされているのに、なすすべもなく、ただ空を見上げているだけの自分の姿、そんな記憶は、近くにあった高射砲陣地といわれたあと地を通るときなどに、ふっとよみがえる。

あの日々を生きた日記を読み返して、よくもまあ、あんな中でこれを書いたものだと、粗末な原稿用紙の裏に綴られた自分の字を眺めては、そう思った。

これを読み返し、あの時代を思うと、戦争を知らない人たちに、あの頃どんなくらしがあったかを知っておいてもらいたいという気持ちも出てきた。選挙権もなかった時代の、普通の女性が、戦争に否応なしに巻きこまれ、ただいっしょうけんめい生きた姿をそのまま知っておいてもらいたいという気持ちである。何かの参考にしてもらえるのではないかという思いもある。

毎日のくらしを実際に記した事実は、戦争がどのように人のくらしを破壊するかを叫ぶより、誰にもよくわかってもらえることが多いのではなかろうかと、私は思っている。

ごく私的なことや個人的なことは除いてまとめた一冊だが、日本のあの戦争が何であったのかを考える、ささやかな参考にしていただければ幸いである。

平成二十四年六月十日

吉沢久子

初出●月刊『清流』平成二十二年五月号〜平成二十四年九月号
章扉裏の各月の出来事は『近代日本総合年表』（岩波書店）、『日本全史』（講談社）などを参考にしました。

◉著者略歴

吉沢久子（よしざわ・ひさこ）

1918年、東京都生まれ。文化学院卒業。速記者となり、文芸評論家・古谷綱武氏の秘書を務め、その後結婚。料理や家事全般の生活評論家として活躍。著書に『ていねいな暮らし』、岸本葉子さんとの共著『ひとりの老後は大丈夫？』（以上清流出版）、『前向き。』（マガジンハウス）、『94歳。寄りかからず。前向きにおおらかに』（海竜社）などがある。

あの頃のこと
吉沢久子、27歳。戦時下の日記

二〇一二年八月五日　［初版第一刷発行］

著　者——吉沢久子

発行者——藤木健太郎

発行所——清流出版株式会社

東京都千代田区神田神保町三－七－一

〒一〇一－〇〇五一

電話　〇三（三二八八）五四〇五

振替　〇〇一三〇－〇－七七〇五〇〇

〈編集担当・秋篠貴子〉

http://www.seiryupub.co.jp/

印刷・製本—大日本印刷株式会社

乱丁・落丁本はお取り替えいたします。

ISBN 978-4-86029-390-1